Yvon Kimpiob-Ninaf......

AUTOBIOGRAPHIE
(*Publiée à titre posthume*)

Récit d'un des pionniers de l'indépendance du Congo-Belge

L'Empreinte du Passant

Graphisme de couverture : Madja Inc.

Dépôt légal : 1e trimestre 2023
Bibliothèque et Archives Nationales du Québec
Bibliothèque et Archives Canada
Tous droits réservés
Copyright © Les éditions l'Empreinte du passant
(lempreintedupassant@gmail.com)
Canada
ISBN: 9798378515776

Dédicace

Ce livre est dédié à :

- Patrick Maximilien Kimpiob Ninafiding Ngulmun qui nous a quittés le 22 octobre 2022 à l'âge de 46 ans.
- Maman Véronique Kakeya, épouse de Papa Kimpiob qui l'a entouré, patiemment soutenu et accompagné jusqu'à sa dernière demeure.
- Clément Ngira-Batware Cyubahiro, mon époux, pour sa contribution à l'histoire de la RD Congo.
- Enfants, Kimpiobi : Bahipi, Yvonne, Aimée,
- Enfants Kimpiob: Anne-Marie, Marie-Jeanne (décédée), Dieudonné, Bénie-Florence, Liliane (décédée), Lily (décédée), Joëlle, Paulette, Mireille, Lamana, Nana (décédée, Binzey, Jean-Jacques, Lani, Éric, Florette, Yves et Olivier.
- Et petits-enfants et arrière-petits-enfants de Papa Yvon Kimpiob. Puisse ce récit combler leur soif légitime de connaissance de l'histoire de leur aïeul et de leur famille.
- A nos cousins/cousines paternels Bakika Floribert, Luswakamu (décédée), Mimoite Robert, Nankos Chantal et François Mbungunzal, qui ont partagé notre vie de la prime enfance à l'âge où le chemin des destins respectifs se dessine.

Avant-propos

Le ciel de mon pays s'assombrissait chaque jour un peu plus, et à doses thérapeutiques si infimes qu'il était difficile pour un Kinois de déceler au quotidien la violence de l'ouragan qui se profilait derrière les nuages sombres venant de l'Est du pays. À Kinshasa, donc, la routine journalière se poursuivait en toute indifférence. Dans la mégalopole, chacun vaquait à ses occupations, avec la tête saturée de soucis et autres préoccupations.

Un soir, pendant que nous revenions de la cérémonie de vernissage du livre autobiographique de Monsieur Cyprien Rwakabuba, un homme politique congolais influent, originaire du Grand Kivu. L'ouvrage retraçait le parcours de l'auteur, de son enfance dans les pâturages verdoyants de sa terre natale en passant par les années des trois cycles d'études à sa vie familiale. Il s'attardait longuement sur sa vie professionnelle, faisant la part belle à celle de l'homme politique. M. Rwakabuba fit sa présentation avec éloquence et cette pointe d'humour sarcastique, qui lui était familière, et aussi caractéristique des natifs de chez lui.m

Dans la voiture qui nous ramenait à notre domicile, Clément, mon époux, me dit :

– En écoutant Rwakabuba nous raconter ses souvenirs, particulièrement ceux tout à fait politiques, j'ai beaucoup pensé à mon beau-père. Papa Kimpiob est un vrai musée rempli de souvenirs. Son précieux vécu doit cesser de vagabonder d'histoires en discours. Les mots doivent être disciplinés et fixés sur du solide, du papier. Je vais m'en occuper." Clément était historien de formation et de pratique. Après avoir enseigné à l'IPN (Institut Pédagogique National, actuellement Université Pédagogique Nationale, UPN en sigle), il s'était tourné vers la politique où il a milité jusqu'à son départ forcé du Congo pour la défense des minorités du Kivu. À l'époque, il était président du Conseil d'Administration de la chaîne "Grands Hôtels du Congo".

Mon père était fort âgé. Il avait perdu la vue suite à un diabète dévastateur. Toutefois, ses souvenirs demeuraient intacts et vivants. Il aimait les raconter à ses enfants, à ses amis et même aux visiteurs.

Clément insista donc : « *J'irai le voir dès demain pour lui proposer de me laisser enregistrer sa biographie. Je ne souhaite pas voir son nom allonger la liste des bibliothèques qui brûlent partout en Afrique, faute de transmission écrite.* » (*Allusion faite à la célèbre citation d'Amadou Hampâté Bâ.*)

Joignant l'acte à la parole, le lendemain matin Clément prit son enregistreur et se rendit très tôt chez mon père. Il y passa toute la journée et ne revint que le soir, fort satisfait du premier résultat de sa démarche. Comme il fallait s'y attendre, mon père fut transporté de joie. Il insista même pour que le travail soit aussitôt entamé. C'est de là que ce livre tire son origine.

Dans la semaine, Clément alla chaque jour chez son beau-père pour l'écouter et enregistrer ses souvenirs, oh combien palpitants. Ils s'étaient convenu de commencer par sa vie privée, car elle avait largement influencé ses choix futurs, et de n'aborder sa vie politique que dans la seconde partie du livre.

La rébellion a soudainement éclaté à l'Est du pays. Ses répercussions furent dévastatrices pour les ressortissants rwandophones qui résidaient dans la capitale. Après une année de tribulations et d'incertitudes, nous finîmes par trouver une terre d'accueil : le Canada. Les enregistrements étaient dans nos bagages, mais ils ont dû attendre plus de vingt-deux ans avant d'être publiés.

Dans l'entretemps, Clément est décédé le 17 septembre 2007. Mon père, lui, nous a quittés le 13 septembre 2009 sans avoir eu l'occasion de relire les notes. Ce n'est qu'en 2020 que j'ai entamé la transcription et la saisie desdits enregistrements.

Le temps, les déménagements, et des conditions inappropriées de conservation ont quelque peu dégradé la qualité de certaines parties des disquettes. Toutefois, parmi les rares contemporains de mon père, encore vivants et qui ont connu ou partagé sa vie, nous avons retrouvé M. Godefroid Mati Latita, son frère de lait. M. Mati est un grand intellectuel avec un parcours avéré dans la sphère scientifique. À titre d'exemple, en 1974, il a assumé le poste de chargé de la coopération inter-universitaire internationale de l'Université Nationale du Zaïre, UNAZA, actuelle Université de Kinshasa (Unikin).

Je reconnais sa précieuse contribution dans la rédaction de cet ouvrage. Elle nous a permis de compléter les parties manquantes et d'assurer l'exactitude et la bonne chronologie des faits historiques. Qu'il trouve ici l'expression de ma profonde gratitude.

Enfin, je dédie, à titre posthume, cette autobiographie de Papa Yvon Kimpiob-Ninafiding Nki-Ekundi à Clément Ngira-Batware Cyubahiro, pour son excellente initiative. C'est grâce à lui que les descendants du clan Kimpiob auront la chance de connaître une portion de l'histoire de leur aïeul.

Dans une seconde partie, Papa Yvon Kimpiob apporte sa contribution à l'histoire du pays. En effet, c'est en rassemblant les " bribes et les morceaux" des souvenirs des rares survivants de cette époque que les Congolais pourront graduellement compléter les pages manquantes au Grand livre de la véritable Histoire de leur pays, la Terre de leurs vaillants ancêtres, la République Démocratique du Congo.

Fété Ngira-Batware Kimpiobi,

seconde fille de Papa Yvon Kimpiob-Ninafiding Nki-Ekundi.

Nota Bene : À propos du nom Kimpiob. En 1972, le président Joseph-Désiré Mobutu a décrété la loi du recours à l'authenticité. Elle obligeait chaque citoyen à porter un nom authentiquement congolais en vue de sortir le peuple des relents de la colonisation et de la religion judéo-chrétienne. Papa Yvon a décidé de revenir à son nom d'origine, Kimpiob.

Pour des facilités administratives, certains enfants ont décidé de garder le nom Kimpiobi.

Préface

Yvon Kimpiob-Ninafiding Nki-Ekundi a relaté ce récit de vie à l'âge de 84 ans alors qu'il était frappé de cécité. Il s'est confié à son gendre, Clément Ngira-Batware, qui a pris soin d'enregistrer sa biographie sur des bandes magnétiques afin de la publier en tant qu'historien. Réfugié au Canada à la suite des événements de 1998, Clément est décédé en septembre 2007 sans avoir pu concrétiser son projet de publication.

Fété Ngira-Batware Kimpiobi, sa femme a pris le relai pour transcrire les bandes enregistrées et publier le récit de vie de son défunt père. Elle m'a demandé de préfacer l'ouvrage, considérant le fait que j'ai côtoyé son père durant la majeure partie de sa vie. Nous sommes tous les deux issus du même village et frères de lait.

J'ai estimé sur le champ que cet honneur devait revenir à quelqu'un de plus qualifié, mais Fété a tenu à ce que ce soit moi, préférant une préface venant du fond du cœur.

En acceptant cette tâche, je me demande si j'arriverai à présenter comme il se doit ce monument congolais qu'est Yvon Kimpiob-Ninafiding Nki-Ekundi !

Aussi, ai-je choisi de laisser parler mon cœur. Comme Yvon, je suis né au mois de juin, mais seize bonnes années plus tard. Il avait alors déjà entamé sa carrière professionnelle dans un centre urbain.

Ma première rencontre avec lui s'est produite quand il est venu au village pour présenter Félicité, sa fiancée aux parents. Le catéchiste du village m'avait choisi pour lire le petit discours qu'il avait rédigé en leur honneur. Yvon a manifesté son admiration pour ma maîtrise de la situation et m'a embrassé affectueusement.

La scène est restée gravée dans ma mémoire. Les jeunes fiancés étaient beaux et très élégants avec leurs chapeaux: Yvon en costume, cravate et Félicité avec une belle robe à fleurs. C'était la première fois que les villageois voyaient une femme noire habillée comme une blanche. Ils réalisaient que leur Yvon Kimpiobi ne serait plus jamais comme eux.

L'apport essentiel de ce récit de vie est un exemple de courage, de persévérance, de grandeur d'esprit, de loyauté, d'honnêteté et surtout d'humilité et de modestie. Yvon Kimpiobi a passé ses dix premières années dans la tradition ancestrale, sans autre perspective que de devenir un bon villageois adulte apte aux travaux des champs, à la chasse et à la pêche. Ensuite, il s'est scolarisé courageusement, dans des circonstances de scolarité interdite par la colonisation et sans perspective évidente de réalisation d'une vie, profitant par-devers lui de rares écoles autorisées pour former le personnel subalterne local.

Il s'est forgé au fil du temps et des événements, la plupart tragiques : brimades coloniales, apartheid, troubles, rébellions, massacres, révocations illégales, dictature, anarchie, etc. Yvon était très impressionnant et il l'est demeuré toute sa vie. Je pense que ce trait de personnalité, son intelligence remarquable, son grand cœur et sa sagesse, ont largement contribué à son ascension fulgurante et continue. Quand il fallait, par exemple, désigner une personne devant diriger une nouvelle structure, professionnelle, sociale ou politique, dans son milieu, Yvon Kimpiobi était toujours le plus plébiscité. Dès le début de sa carrière professionnelle, il a été le leader de la petite élite indigène de l'entreprise. Lors de l'installation du Cercle des évolués à Kikwit, où il venait de s'installer tout récemment, il en fut le président élu. À la création du Centre extra coutumier de Kikwit, il fut élu chef de celui-ci. À la rencontre des chefs coutumiers, avec le Roi des Belges, il fut désigné comme leur porte-parole.

À deux reprises, il fut élu Président de la Chambre des Représentants. Quand il s'agissait de rétablir la paix et l'ordre dans sa province d'origine, il était réclamé par la population comme l'homme de la situation.

Pour ses avis et conseils appropriés, il fut longtemps l'homme de confiance des présidents et des premiers ministres congolais. Sur des invitations officielles, il rencontra, dans leurs pays respectifs, de grandes personnalités telles que Nehru, Tchang Kaï Chek, les présidents des parlements belge, allemand, israélien, indien et taïwanais. Il fut porteur du message du Président Mobutu au pape Paul VI, etc.

La majorité de la population actuelle a du mal à appréhender l'exercice du pouvoir par Kasa-Vubu, Lumumba, Mobutu, Tshombé, etc. Yvon Kimpiobi, qui a eu l'occasion de les côtoyer tous, nous livre quelques caractéristiques politiques de cette époque.

Je suis convaincu que cet attrayant récit inspirera la jeunesse dans sa quête de modèles et d'épanouissement.

Kinshasa, août 2021
Godefroid Mati Latita

Un rendez-vous avec l'histoire du Congo Kinshasa 1997

Aujourd'hui, je m'adresse à mon beau-fils Ngira-Batware Clément, historien de son état, afin qu'il écrive le parcours de ma vie. Je lui parlerai de mes parents, de ma scolarité, de mon mariage, de ma vie professionnelle dans le secteur privé, dans l'administration publique, ainsi que de ma carrière politique.

Dans ce dernier domaine, je serai forcément amené à relater des événements liés à l'histoire politique du pays, mais pas comme le feraient les historiens. Je me limiterai aux événements politiques ayant un rapport direct avec ma carrière politique, comme un témoignage destiné à mes proches et aux Congolais des générations futures.

Je suis issu de la génération de l'époque coloniale, une génération ayant été confrontée à toutes sortes de barrières au droit à la réussite dans la vie. C'est certain que, même s'ils ne l'expriment pas, mes enfants et mes proches ont le désir de savoir comment j'ai pu atteindre ce niveau. La terminologie utilisée ici se réfère à celle des périodes et des épisodes évoqués, notamment en ce qui concerne les noms des villes et des circonscriptions territoriales, ainsi que la nomenclature politico-administrative.

J'évoquerai spontanément mes souvenirs, sans construction à caractère idéologique ni parti pris.

Mon enfance et mes études

Je suis né le 1ᵉʳ juin 1923 au village Kikongo Mitshakila (aussi appelé Ékong), dans la province de Léopoldville, collectivité de Nkara, territoire de Bulungu.

Mes parents

Mon père s'appelait Dias Matshis Ngulumun Maboong et ma mère Nkubiya Marie. Ce prénom lui fut donné à son baptême qui eut lieu au moment de son décès, ainsi que le recommandaient les normes catholiques de l'époque.

Mes parents étaient Yansi, de la tribu Bansamban. Ils étaient nés, s'étaient mariés et avaient vécu à Kikongo Mitshakila. Mon père était polygame, ce qui, de son temps, était le statut coutumier de la noblesse et des personnes disposant des capacités d'entretenir plusieurs épouses.

Ma mère était sa seconde épouse. Avec sa première femme, il avait eu deux garçons. J'ai très peu de souvenirs de mon frère aîné qui était décédé lorsque j'étais très jeune. Le second garçon a vécu avec nous durant toute ma vie au village. Après une première fausse couche, ma mère a donné naissance à ma grande sœur Lamana, suivie d'une seconde fausse couche. Puis, je suis venu au monde avant Bitete, notre cadette.

Mes études

En 1933, je fus admis à l'école du catéchisme qui était l'unique niveau scolaire des villages. Paul Kitambala était notre enseignant. En 1935, ce dernier m'accompagna à Leverville[1], le centre urbain de la région, pour passer l'examen d'admission à l'école primaire. Leverville était également le nom de la mission catholique voisine, où se trouvaient l'école primaire, l'école des métiers et l'école moyenne. Je réussis mon examen d'admission, à la grande fierté de mon enseignant.

Jusqu'en 1948, près de douze ans avant l'indépendance du Congo, l'administration coloniale belge restait farouchement opposée à la formation de cadres congolais. Peu de temps avant la fin de l'année, elle finit par autoriser aux missionnaires catholiques de créer des écoles secondaires complètes pour des fermes-écoles, des écoles de catéchismes, des écoles primaires, des écoles des métiers pour la formation des maçons, des menuisiers, des greffiers, des sténo-dactylographes, des aides-comptables, des commis ainsi que des séminaires pour les futurs prêtres. La durée de l'apprentissage variait entre deux, trois et quatre ans selon le corps de métier.

La création des écoles secondaires complètes n'a été autorisée qu'en 1948. Les missionnaires avaient organisé ces écoles de la manière suivante :
  -Par l'implantation d'une chapelle dans les villages tenus par un catéchiste dont la tâche principale était d'appeler à la prière du matin et du soir à l'aide d'un sifflet ou d'une jante de camion servant de percussion. Sa tâche

---

[1] Leverville : nom dérivé de la compagnie anglaise Unilever qui était implantée dans la région

secondaire consistait à enseigner la lecture, l'écriture et le calcul élémentaire aux enfants de plus de dix ans.

-La création des postes en brousse, appelés « missions », qui desservaient les villages situés dans un rayon d'environ vingt kilomètres et qui possédaient une église, un catéchuménat pour les candidats au baptême et une école primaire. Les missions, qui pouvaient se le permettre, avaient une école des métiers, appelée "école professionnelle".

La participation à la messe du matin et à la prière du soir était obligatoire pour toute la population de la mission. Il en était de même pour les travaux manuels. Le jardinage était une obligation qui incombait aux écoliers.

À l'époque, les deux premières années primaires étaient combinées en une seule. Sébastien Kanika en était le moniteur. À la fin de l'année, je fus admis en troisième primaire. Mon enseignant était un religieux belge, membre de la congrégation des Frères de la Charité de Gand.

Considérant mes bons résultats scolaires, je fus dispensé de la 4e année et accédai à la 5e primaire avec le Frère Andolet comme enseignant.

L'année suivante, je passai sans difficulté en 6e primaire qui était tenue par le frère Mixen. Au cours de cette même année 1939, le Vicariat du Kwango, actuel diocèse de Kikwit, vécut l'ordination de ses trois premiers prêtres noirs. Le grand Vicariat du Kwango était à l'instar du District administratif du Kwango. L'ordination eut lieu à la Mission catholique Kikwit Sacré-Cœur, sur la rive droite de la rivière Kwilu. Les trois prêtres étaient originaires du Kwilu. Il s'agissait des abbés Léon Nkama, François Nagara et Éloi Musongi. C'était la première cérémonie du genre dans la région.

Les autochtones étaient béats devant le faste et la grandiloquence du rite religieux. Toutes les missions du Vicariat étaient en communion avec l'événement et tous les missionnaires y étaient conviés.

En 1940, je fis mon entrée à l'école moyenne, où étaient formés les auxiliaires de l'administration publique et des agents subalternes des entreprises privées. Je réussis les examens finaux en 1943.

Une petite anecdote de la dernière année. Nous étions neuf finalistes à la rentrée et avions terminé à sept, par suite d'une révolte occasionnée par la diminution de notre ration alimentaire habituelle. Pour cet incident, toute la classe fut sévèrement sanctionnée, et nos défunts condisciples, Patrice Zoni et Émile Makala, furent renvoyés. Au classement final, j'étais le premier de la classe avec 73 %, suivi dans l'ordre par Balanda Joseph, Kisanga Justin, Mudjir Philippe, Mpeke Fidèle, Malangwe Tidias et Mukwa Camille.

Ce dernier étant originaire de Kisangani, il était reparti vers sa province natale après la proclamation et nous nous sommes perdus de vue.

À l'époque, les directeurs des sociétés avaient la coutume de venir assister au jury des examens de la dernière année afin de recruter parmi les finalistes ceux dont les profils correspondaient à leurs besoins en personnel. Par ailleurs, la norme voulait que le premier finaliste soit orienté vers les services de l'administration coloniale comme commis.

En 1942, mon grand ami Sylvain Kama était le premier finaliste de la promotion. Il avait naturellement été retenu comme commis de l'administration. Il travaillait à

Kikwit et nous avions gardé notre lien d'amitié solide à travers une correspondance régulière.

Kama m'avait vivement conseillé d'aller travailler dans une société privée, les salaires étant meilleurs qu'à l'administration coloniale.

Aussi, quand vint mon tour, je déclinai l'offre du bureau de la colonie et cédai ce "privilège" à Joseph Balanda, le second finaliste. Mon premier choix se porta sur la Compagnie du Kasaï qui était une grande Société dont le siège social se trouvait à Dima, près de Banningville, l'actuelle ville Bandundu.

La consigne aux finalistes était de ne pas solliciter du travail personnellement. L'école centralisait et gérait toutes les demandes d'emploi ainsi que les besoins des employeurs. Avec ce système, tout finaliste à la recherche d'emploi devait s'en remettre à l'école. Par ailleurs, après les examens de fin de cycle, chaque finaliste avait l'obligation de se rendre dans son village pour annoncer ses résultats d'études et présenter son diplôme à ses parents.

Ma mère était décédée en 1930. Je suis allé retrouver mon père qui était un grand notable, très bien réputé dans la contrée. Il m'accueillit avec une grande fierté. Heureuses et fières de mon succès scolaire, les deux branches de ma parenté - maternelle et paternelle- organisèrent une fête grandiose en mon honneur. Les résidents des villages voisins furent invités. Plusieurs ovins et volailles furent abattus. Les convives festoyèrent toute la nuit aux sons des tams-tams et autres petits instruments traditionnels de musique.

Début de ma vie professionnelle

À l'issue de mes huit jours de vacances, je quittai le village à l'aube pour gagner mon lieu de travail. Mon père m'escorta jusqu'à la sortie du village et, avant de nous séparer, il me prodigua le conseil suivant :

« *Yvon, tu pars travailler au loin. Sache que je serai toujours avec toi. Retiens bien ces deux choses :*

1) respecte toujours la femme d'autrui, même celle qu'on appelle makango (concubine) dans les cités, car elle appartient à quelqu'un qui la nourrit et l'entretient. Considère-la comme une sœur ;

2) ne fuit jamais devant l'échéance de remboursement d'une dette. Ne joue pas non plus à l'indifférent. Au contraire, trouve vite ton ami, excuse-toi et demande-lui de t'accorder un petit délai. Si tu respectes ces deux principes, à ton tour, tu seras un homme respecté. Souviens-toi toujours que je ne serai jamais loin de toi ».

Nous nous sommes salués et je suis parti pour Dima. Je garderai et observerai son précieux conseil jusqu'à mon dernier jour.

****

Ma vie professionnelle dans le secteur privé et mon mariage

À La Compagnie du Kasaï (C.K.)

Dès mon arrivée à la CK, j'eus à faire avec un chef belge d'une rare et extrême méchanceté. Il nourrissait un profond mépris pour les Noirs qui n'avaient aucune valeur ni droit à aucune considération. Au terme de mon premier mois de travail, je quittai la société après avoir empoché mon salaire de 40 francs. Respectant la consigne en vigueur, je rentrai voir le père Don, mon ancien Directeur à l'école moyenne, pour l'en informer.

En me voyant, sa première réaction fut spontanée :

— Qu'est-ce qu'il y a, Kimpiobi ?

— Père Ministre (nous l'appelions ainsi), je ne peux pas travailler là où j'ai été envoyé.

— Pourquoi ? Qu'est-ce qui s'est passé ? Je connais bien votre patron....

— J'ignore sous quel angle vous le connaissez, mais, selon ce que j'ai eu à vivre, cet homme n'a que du mépris pour les Noirs. Je n'ai pas pu le supporter.

— Ne voulant visiblement pas que je m'attarde sur le sujet, le père Don me coupa la parole et me dit :

— J'ai reçu une demande intéressante de l'Administrateur Directeur Délégué de la Société des Huileries et Plantations du Kwango, « HPK » en sigle. Malheureusement, sa lettre est arrivée après votre départ. Maintenant, vous arrivez au bon moment. Je vous envoie aux HPK.

Aux Huileries et Plantations du Kwango (H.P.K.)

Les HPK se trouvaient à Mfumu-Mputu, une petite localité fondée par cette entreprise, située entre le littoral de la rivière Lukula et le plateau avoisinant. L'administration coloniale y avait bâti la cité administrative de Masi-Manimba. Vu la rareté de transport, j'ai dû attendre plusieurs jours avant de m'y rendre. Quitter Masi-Manimba pour aller à Kikwit, une escale obligatoire, pouvait parfois nécessiter un mois d'attente avant de trouver un véhicule. Heureusement pour moi, il y avait la navette hebdomadaire: une camionnette-courrier des HPK desservait Kikwit et Mfumu-Mputu.

À Mfumu-Mputu.

Je suis arrivé à Mfumu-Mputu le 4 octobre 1943. Le lendemain, je me présentai au bureau de M. Longens, l'Administrateur Directeur Délégué des HPK. Je fus engagé sur le champ et débutai le travail le même jour au poste de Secrétaire Comptable, mis à la disposition de Paul Etomba, le Secrétaire de la Direction Générale. Ce dernier devant prendre son congé annuel une semaine plus tard, j'ai dû assurer son remplacement et assumer les responsabilités de ses tâches durant ses deux mois d'absence.

Le Département comprenait deux autochtones plus gradés que moi: Antoine Mampuya et Paul Etomba. Les autres membres du personnel étaient mes subalternes. Le personnel colonial était composé de l'administrateur-recteur, du directeur, du gérant principal, du mécanicien-chef d'usine et du gérant du magasin. Une fois la journée de travail terminée, chacun rentrait chez lui. Il n'y avait aucune vie sociale entre les deux groupes.

Au retour de Paul Etomba, je fus affecté à la comptabilité auprès de M. Fonseca, un ressortissant portugais. Une année plus tard, je quittai ce service pour aller au magasin des approvisionnements remplacer Antoine Mampuya qui venait de démissionner. Il avait décroché un meilleur poste à la Direction Générale de la Compagnie du Kasaï de Dima. Le niveau de vie à Mfumu-Mputu n'était pas très élevé, mais pas plus bas que dans les autres villes.

Nous étions des clercs et étions considérés comme l'élite de la haute classe des Noirs. C'était le commencement de l'individualisme. Chacun essayait de vivre chez lui. Un étranger gabonais, surnommé « costaud de valeur », résidait avec nous dans le quartier des autochtones. Il était le vendeur du seul magasin des Européens, spécialisé dans la vente des produits alimentaires importés. 'Costaud de valeur' était l'unique étranger africain de tout Mfumu-Mputu.

Les autres étrangers étaient M. Deltour, l'Administrateur-Directeur Délégué et Gérant principal, M. Turner, le Chef de l'usine, et M. Fonseca, le comptable. Un Portugais du nom de Santos gérait la succursale de Kimafu, située près du village de Cléophas Kamitatu. L'usine de Mosenge était dirigée par M. Jevila, un Belge ainsi qu'un chef mécanicien sénégalais du nom d'Halassan John. Le niveau de vie de ce dernier était plus élevé que celui des autochtones. Avant mon mariage, le gérant principal avait pour habitude de me demander d'accueillir et d'héberger Halas- san John chez moi lors de ses séjours à la Direction de Mfumu-Mputu. Ceci pour souligner que notre niveau de vie n'était pas déplorable. J'avoue, sans fausse modestie, qu'après le départ de Mampuya Antoine, cité précédemment, j'étais devenu le leader de tous les intellectuels de la petite communauté autochtone des HPK. En 1943, nous étions en pleine seconde guerre mondiale et j'avais débuté la vie sans possibilité d'acheter le moindre couvert de table. Ces ustensiles étant devenus in- trouvables dans les magasins, les artisans potiers et menuisiers comblèrent la carence en fabriquant des verres, des couverts et des assiettes en terre cuite et en bois. Les moins nantis mangeaient à la main.

Mon ami Sylvain Kama, déjà cité plus haut, qui travaillait à Kikwit, avait pu rassembler divers couverts dépareillés et m'en envoya une valise pleine. Je devins le premier agent autochtone de Mfumu-Mputu à disposer d'assiettes, verres, cuillères et fourchettes. Ce n'est qu'à partir de 1947 que les commerçants reçurent de nouveau les premiers couverts de table.

La même année, j'achetai mon premier vélo de marque Touring. J'ai fait des jaloux. Mfumu-Mputu était un bourg isolé, sans bibliothèque ni un autre moyen de s'instruire. Ces facteurs avaient été à la base de ma décision de quitter cette localité en 1949, année qui, incidemment, coïncida à l'an trois après le lancement des disques enregistrés par les artistes musiciens congolais et d'autres pays africains.

Le chanteur Wendo venait de lancer son premier disque. Il faisait une tournée provinciale qui incluait les villes de Mfumu-Mputu et Masi-Manimba. Son passage dans nos petites villes provoqua des insomnies aux populations qui dansèrent jusqu'aux petites heures du matin. À la même époque, le Directeur Van Kenigem était à la fin de son contrat ; il devait rentrer en Belgique. Parmi les articles personnels qu'il vendait, je fis l'acquisition de mon premier phonographe, qui devint vite le premier phonographe de la population autochtone de Mfumu-Mputu.

Mon mariage avec Félicité

Le temps était venu pour moi de fonder un foyer. Durant ma dernière année d'études en 1943, je m'étais fiancé à Félicité Misenge, également une élève à la mission Leverville. Après mon installation à Mfumu-Mputu et, ayant acquis la stabilité nécessaire, je retournai à la Mission Leverville au mois de décembre suivant pour organiser mon mariage. Le père de ma fiancée était originaire de Kwenge et sa mère d'Élom, dans la collectivité Nkara, comme moi. La rencontre de ses parents s'était produite comme dans un roman.

Mais revenons quelques deux ou trois décennies en arrière.

Les premiers administrateurs coloniaux blancs faisaient leurs entrées dans les villages et, de ce fait, établissaient leurs premiers contacts avec les autochtones. Les villageois étaient effrayés à la vue de ces hommes à la peau décolorée ayant des yeux avec de drôles de couleurs. Par ailleurs, la réputation des coloniaux sur la maltraitance des populations noires les avait largement précédés dans les villages.

C'est ainsi que dès leur approche ou apparition, les autochtones prenaient la fuite vers la forêt, abandonnant derrière eux leurs biens, et quelquefois des enfants.

Devenus familiers de cette réaction des villageois, les Blancs récupéraient les enfants abandonnés et les confiaient aux religieuses de la Mission Djuma, où se trouvait un grand internat pour les filles et les garçons récupérés le long du parcours. Ils renseignaient les religieuses sur la provenance de chaque enfant, qui pourrait ainsi retrouver ses parents plus tard. La grand-mère de Félicité s'était enfuie en abandonnant sa fillette. De leur côté, les parents du père de Félicité avaient agi de même. Ainsi, mes deux futurs beaux-parents figuraient parmi les nombreux enfants abandonnés de Djuma. Les deux jeunes gens se rencontraient de temps à autre lors des rares activités de l'internat qui réunissaient les filles et les garçons. Dès qu'ils eurent l'âge de retourner dans leurs familles, les religieuses leur fournirent les orientations nécessaires pour rejoindre leurs milieux d'origine respectifs.

Les deux jeunes gens embarquèrent à bord du même bateau allant au port de Bulungu, leur territoire d'origine. Ils se marièrent au cours du voyage et le couple alla s'installer à Kiboba. Le village du mari était situé sur la rive gauche de la rivière Kwilu, c'est-à-dire à l'opposé d'Élom, situé sur la rive droite. Ma future belle-mère avait quelques notions de ses origines, mais, avec le temps, elle avait fini par les oublier. Le couple eut une fille qu'il nomma Félicité. Malheureusement, le père de famille perdit la vie peu après la naissance de leur enfant. La jeune veuve et sa petite fille furent livrées à elles-mêmes. Se souvenant plus tard du document remis par les religieuses, elle commença à chercher le chemin d'Élom, son village natal.

Entretemps, Félicité avait grandi et elle était scolarisée à la mission Leverville où elle se sentait bien seule. Un jour, elle pensa à se renseigner sur la présence éventuelle des étudiants de sa collectivité d'origine. En m'interrogeant les uns et les autres, elle finit par obtenir des informations sur moi. Outre le fait d'être de la même collectivité, elle apprit aussi que le Chef de mon groupement, également Chef de mon village, était mon beau-frère. Il avait épousé ma sœur aînée Lamana[2]. Félicité était bien renseignée sur moi et savait que j'étais finaliste à l'école moyenne.

Dès lors, elle fit tout son possible pour me rencontrer. Un condisciple vint l'informer qu'une fille cherchait à me rencontrer. Il fit quelques commentaires élogieux sur sa beauté. Ce qui piqua ma curiosité. À mon tour, je voulus la voir et mon vœu fut vite exaucé.

Le dimanche suivant était le jour des visites conjointes autorisées. Félicité vint en compagnie de deux amies.

Je m'approchai du trio et demandai :

— Laquelle de vous trois est Félicité ?

— C'est moi, répondit-elle.

Je pensai aussitôt : « Ça y est, j'ai trouvé ma femme. Elle est belle, je ne peux pas la laisser ; je dois l'épouser ». Peu après, nous nous isolâmes dans un coin pour faire plus ample connaissance. Félicité m'apprit que sa mère vivait toujours à Kiboba chez son défunt mari et que les autochtones ne manquaient pas une occasion pour lui rappeler que sa fille et elle n'étaient pas des natives du village. Elles devaient penser à aller chez elles à Élom.

Dans un éclat de rire, je lui expliquai qu'Élom et mon village Kikongo étaient distants de quatre kilomètres tout au plus.

— Vraiment, s'était-elle écriée !

---

[2] Lamana : mère de Mamengi, Bakika, Luswekamu, Ndaflatien', Nankos et Mbungunzal.

Yvon Kimpiob-Ninafiding Nki-Ekundi

— Mais oui, dis-je.

— Ma mère viendra bientôt me rendre visite. Je vais lui annoncer la nouvelle.

— Je souhaiterais la rencontrer pour lui faire part de mon intention de t'épouser.

Félicité se contenta de sourire. Deux semaines plus tard, elle m'envoya une missive : « *Ma mère est arrivée, viens la rencontrer demain au parloir* ».

C'était le dimanche des visites autorisées. Je fis la connaissance de ma future belle-mère. Après les salutations, je m'informai poliment sur sa vie auprès de sa belle-famille. Ma question fit suivie d'un léger silence.

Puis, elle me narra lentement son histoire qu'elle conclut en disant :

— J'ai bien gardé le papier des religieuses de Djuma et je sais d'où je viens. J'ai de la famille à Élom. L'oncle de ma mère s'appelle Malok et il est encore vivant.

— Oui, Malok est toujours en vie, confirmai-je.

— Le connaissez-vous, demanda-t-elle, les yeux brillants d'espoir ?

— Kikongo est à un jet de pierre d'Élom. Ce qui se passe chez les uns est connu chez les autres, répondis-je.

— Oh, merci, papa (appellation de politesse) pour cette bonne nouvelle. Pourriez-vous écrire à ma famille à Élom pour qu'elle vienne me rencontrer à Kiboba ? Félicité me dit que vous voulez l'épouser, enchaîna-t-elle.

— Oui, en effet. C'est mon intention, dis-je.

— Papa, si vous prenez Félicité en mariage, vous nous sauverez la vie. À Kiboba, nous sommes considérées comme des esclaves; nous voulons rentrer chez nous.

— Votre souffrance est terminée, car je vais me marier avec Félicité et régler ce problème.

À partir de ce moment-là, Félicité et moi avions commencé à nous fréquenter.

Pendant les vacances suivantes, nous sommes allés dans mon village. Puis, nous nous sommes rendus à Élom, où je l'ai présentée à ses grands-oncles qui s'en sont fort réjouis. Ils m'ont accordé leur bénédiction en ces mots : « Félicité est désormais votre femme, rentrez avec elle chez vous. Dès que vous le voudrez, envoyez-la-nous afin que nous puissions, nous aussi, bénéficier de sa présence parmi nous. »

Nous regagnâmes Kikongo pour passer le reste des vacances. Durant notre séjour, Félicité fut hébergée par ma grande sœur, tandis que je logeai chez mon père qui manifesta ouvertement sa joie et sa fierté. Je savais qu'il guettait, sans oser l'exprimer, le jour où je lui parlerais de mariage.

À l'annonce de mon intention de m'engager, son regard s'était illuminé et sa bouche s'était contentée d'un : « *très bien, Kimpiob* ». Avant notre retour à Leverville, je confiai à mes oncles maternels la charge de remplir les formalités du mariage coutumier et d'organiser les cérémonies.

Notre union eut lieu en janvier 1945, et nous partîmes aussitôt à Mfumu-Mputu.

Bien que les relations sociales entre Blancs et Noirs étaient strictement interdites, à cette époque, mon chef direct, le comptable Fonseca m'avait offert, à l'occasion de mon mariage, un casier de 48 bouteilles de bière Primus. Je m'étais organisé pour transporter la boisson tard dans la nuit, car les Noirs n'avaient pas le droit de boire la bière. Ma femme et moi buvions en cachette dans la chambre pour les raisons évoquées plus haut. Jusqu'à la fin de l'an- née 1948, les boissons telles que coca-cola et autres sucrés n'existaient pas et le Noir n'avait aucun moyen de se procurer la bière ou tout autre alcool. Seules les alimentations réservées aux Européens pouvaient en vendre.

Le décès de Félicité

Ma femme conçut le même mois de notre mariage et le bébé était attendu en septembre. Comme il n'y avait aucun hôpital à Masi-Manimba, je décidai de l'envoyer au grand hôpital de HCB, à Leverville. Au terme de sa grossesse, Félicité accoucha d'un garçon mort-né, et elle-même décéda quelques heures plus tard. La nouvelle ne me parvint qu'une semaine après par un télégramme de mon ami Barthélemy Kipulu qui vivait à Kikwit et qui avait eu l'information tout à fait par hasard.

Dès la réception du message, j'allai en faire part à mes supérieurs. Je leur demandai une assistance financière ainsi que l'autorisation d'aller aux funérailles. Fidèles aux mœurs coloniales, ils m'accordèrent la permission de me rendre au décès de ma défunte épouse, mais ils me refusèrent l'assistance financière. Vu la rareté des camions entre Masi-Manimba et Kikwit, je décidai d'aller à pied, accompagné de mon serviteur, ce qui nécessita trois journées de marche avant d'atteindre notre destination. L'inhumation avait eu lieu la semaine précédente.

Je me rendis directement au cimetière où deux monticules de terre fraîche surmontés de croix de fortune désignaient des tombes récentes. J'y demeurai un très long moment, pleurant intérieurement et douloureusement sur cette double perte. Puis, je continuai mon périple pédestre jusqu'au village de ma défunte épouse. Je devais me conformer aux exigences de la coutume en matière de veuvage. Dans ce cas précis, ma belle-famille avait l'obligation d'accomplir des rites traditionnels pour délier les liens d'alliances d'avec ma défunte épouse. Je demeurai une semaine auprès d'eux pour satisfaire aux normes de la coutume et de la tradition.

À l'issue de ma huitaine chez eux, j'allai chercher le réconfort auprès des miens à Kikongo-Mitshakila avant de reprendre le chemin de Mfumu-Mputu trois jours plus tard.

J'ignorais que quelques membres de mon ex-belle-famille m'en voulaient et me tenaient pour responsable de la mort de Félicité. Ils s'étaient juré de se venger.

Leur vengeance prit ma sœur cadette Bitete pour cible. Fraîchement mariée et aussitôt enceinte, elle était revenue au village attendre la naissance de son bébé en famille, comme c'était la coutume générale. Cela énerva sérieusement mes ex-beaux-parents qui ne cessèrent de répéter : « *Yvon a refusé que Félicité vienne accoucher chez nous, mais il trouve cela normal pour sa sœur* ». Bitete mit au monde son premier et unique enfant, Anne-Marie, et mourut peu de temps après. Beaucoup d'histoires surprenantes ont longtemps circulé autour de ce décès inopiné. La plus persistante, pour les anciens de mon clan, liait la mort de Bitete à une vengeance de la famille de Félicité. C'était le prix qu'ils m'ont fait payer pour ma décision impardonnable.

Ainsi en était-il quelquefois de la vie au village ! Plusieurs enfants de la famille portent le nom de Bitete en souvenir de leur tante pour les unes, ou de leur cousine pour les autres.

Une petite anecdote : après les funérailles, je repris mon poste de travail à la direction des approvisionnements. Un matin, M. Valère Deltour, le gérant en chef de service belge prit la décision d'imposer un couvre-feu au camp des autochtones. Aucune circulation n'était permise ni tolérée après 20h. La police reçut des instructions strictes : tout contrevenant devait être arrêté et fouetté publiquement. J'en fus si choqué que je décidai de ne pas obéir, contrairement à la plupart de mes collègues clercs. Ce soir-là, deux policiers faisaient leur ronde habituelle lorsqu'ils me trouvèrent en grande conversation avec papa Abel, mon voisin. N'osant pas nous aborder directement, ils se mirent à hurler : "tout le monde doit dormir. Ceux qui refusent d'obéir sont des hors la loi; ils risquent le fouet." Papa Abel paniqua et me supplia d'aller dormir. Il n'attendit pas ma réponse et s'engouffra chez lui en claquant la porte. Resté seul, je pensai à tous ces gens mécontents et pétrifiés à l'idée de désobéir aux ordres.

Un policier osa s'approcher pour me demander :

− Qu'attendez-vous pour aller dormir ?

− Amuses-toi avec les autres qui tremblent de peur, mais ne t'approche pas de moi. Je ne suis pas une chèvre, lui dis-je.

− Quoi ? Kimpiobi, tu es le mauvais exemple de ce camp. Je verrais demain, si tu seras toujours aussi fier après mon rapport au gérant principal. Après le fouet, tu mérites la prison, toi.

Chaque matin, les policiers faisaient leur rapport avant l'appel des travailleurs dont la charge m'incombait.

Contrairement à la routine établie, ce matin-là, dès son arrivée, le gérant en chef ordonna :

— Yvon, commencez l'appel.

Le policier s'avança devant lui pour faire son rapport. Le gérant le chassa, sans ménagement :

— Allez, fous le camp, dit-il au policier, qui n'en revenait tout simplement pas.

— Mais, Monsieur le gérant, je veux faire mon rapport..

— J'ai dit, tu fous le camp d'ici. Kimpiobi, continuez l'appel.

— Le policier s'éloigna en maugréant en kikongo. Décidément, la journée promettait d'être compliquée. Monsieur Deltour se sentit très vexé par les propos incompréhensibles pour lui, du policier. Il demanda d'un ton cassant :

— Qu'est-ce qu'il raconte ? Amenez-le-moi immédiatement.

Fou de colère, le gérant rédigea sur le champ, une plainte contre le policier pour injures envers lui. Ensuite, il commanda à François, le chef du camp, d'escorter le policier chez le comptable du territoire qui en lisant la plainte s'exclama :

— Ah ! Tu as osé injurier un Blanc ? Allonge-toi par terre.

Le policier reçut les cinq coups de fouet qu'il m'avait promis la veille. Ce concours de circonstance me rendit populaire. Dès lors, personne n'osa m'affronter de crainte de représailles. Dans ce monde, il suffit d'avoir un petit courage de parler, on vous prend pour un sorcier et, les sorciers eux-mêmes, finissent par vous craindre.

Mon mariage avec Thérèse

En 1947, après une année et demie de veuvage, un ami vint m'informer qu'une famille yanzi originaire de mon territoire était établie à Yasa et qu'elle avait plusieurs ravissantes jeunes filles. C'était une façon à peine voilée de me signifier qu'il était temps de mettre un terme à ma viduité. Le père de famille, Jean Mubiala, travaillait comme infirmier à l'hôpital de Yasa. Je décidai d'aller y faire un tour. Yasa se trouvait à une quarantaine de kilomètres de Mfumu-Mputu. Accompagnés de quelques amis, nous avions enfourché nos vélos et pédalé tranquillement jusqu'à Yasa, que nous atteignîmes en début de soirée.

Le lendemain matin, notre petit groupe se présenta au domicile de la famille Mubiala. Dans le microcosme des autochtones de Yasa, la moindre information était vite répandue dans la cité. Le père Mubiala me connaissait de réputation. Il savait que j'avais obtenu mon diplôme à Lever-ville et qu'à présent je travaillais à Mfumu-Mputu. La famille nous accueillit avec bienveillance. Elle manifesta sa joie et sa fierté de faire la connaissance d'un jeune muyanzi éduqué et d'un bon échelon social.

Les deux filles aînées, Marthe et Thérèse, étaient belles et très proches l'une de l'autre. Lucie était encore une fillette et Josée, une toute petite fille.

J'avais prévu un moment d'aparté avec le chef de famille et, lorsque l'opportunité se présenta, je l'interrogeai sans détour :

— Savez-vous que je suis veuf depuis un an et demi ?

— Oui, nous avons tous appris cette triste nouvelle.

Après un bref moment de silence, j'enchaînai.

– À présent, je souhaite me remarier. L'un de mes amis m'a parlé, en termes élogieux, de vos filles, Marthe et Thérèse. Sont-elles déjà fiancées ?

– Aucune de mes filles n'est engagée.

– Je voudrais me fiancer à l'une d'elles.

Usant de l'expression culturelle, qui veut que tout individu adulte soit appelé « papa » ou « maman », selon son genre, au lieu de « monsieur » ou « madame », il répondit :

– Papa Yvon, vos femmes sont là.

Sa réponse était un assentiment pour aborder ses filles. Dès le premier regard, mon cœur avait choisi Thérèse.

Après un moment d'échanges avec elle, je lui demandai :

– Souhaites-tu te marier un jour ? Elle opina de la tête.

– Quelqu'un t'a-t-il déjà sollicitée en mariage ?

– Non.

– Je voudrais t'épouser. Es-tu d'accord ? Elle hésita avant de répondre :

– Oui, mais je crains que Yaya (grande sœur) Marthe ne soit contrariée.

Sa réponse m'interloqua.

– Contrariée ? Pourquoi Marthe serait-elle contrariée ? Je suis libre de choisir la femme qui me plaît ! C'est toi Thérèse que je veux épouser. Qu'ai-je à voir avec ta Yaya ?

Thérèse s'éloigna vite dès qu'elle aperçut Marthe qui nous observait avec insistance. Visiblement, celle-ci semblait curieuse de connaître le sujet de notre conversation. N'ayant aucun secret entre elles, Thérèse lui avoua notre entretien. Cela provoqua le courroux de son aînée qui lui dit sur un ton de reproche :

— Et tu as accepté ?

— Mais que pouvais-je faire, répondit Thérèse d'une voix coupable ?

— Tu ne devais pas accepter. N'est-ce pas à moi, ton aînée, de me marier la première ?

Désemparée et écrasée par la culpabilité, Thérèse s'enfuit en pleurant. Décidément, ma démarche tournait au mélodrame. Avec bravade, Marthe vint m'apostropher :

— Thérèse m'apprend que tu lui as fait une de- demande en mariage.

— C'est exact, répondis-je d'une voix calme.

— Pourquoi ? C'est moi l'aînée et tu le sais.

— Parce que c'est Thérèse que je veux prendre pour épouse.

— Ne suis-je pas assez belle pour toi ?

— Ce n'est pas une question de beauté, mais de sentiment. Mon cœur veut s'unir à celui de Thérèse, pas au tien.

Marthe tourna les talons et alla pleurer bruyamment derrière le mur. Ces sanglots attirèrent sa mère. Thérèse était revenue entretemps. Leur maman les regarda l'une et l'autre, puis elle demanda à Thérèse d'un ton inquiet :

— Pourquoi ta grande sœur pleure-t-elle ?

— Je ne sais pas ! Il faudrait le lui demander.

Marthe refusa catégoriquement de répondre aux questions de sa mère et continua à pleurer amèrement sur son triste sort. Me sentant responsable de ce mélodrame, je décidai d'informer papa Jean sur la cause de la tristesse de Marthe. Ce dernier s'adressa avec sagesse à son aînée :

– Ma fille, comment peut-on forcer un homme à épouser une femme ?

Jusqu'à mon départ, Marthe resta drapée dans un silence outragé, les yeux bouffis de larmes. Elle refusa même de me dire au revoir.

De retour à Mfumu-Mputu, j'envoyai un message à mon père et à mes oncles maternels pour leur annoncer mon intention de me remarier, en précisant que mon futur beau-père était du village d'Ambura. Je devais m'astreindre, pour la seconde fois, aux us et coutumes de chez moi. Les liens du mariage étant avant tout une alliance entre deux familles, je transmis aux miens la liste des offrandes pour ma belle-famille. Le rite cérémoniel avait ses codes incontournables. Outre le montant de la dot, le futur époux était tenu d'apporter certains articles obligatoires notamment le costume du beau-père, le pagne et quelques ustensiles de cuisine de la belle-mère, une calebasse de vin de palme, une lampe Coleman, du tabac, des cartouches de fusil de chasse et un paquet de boîtes d'allumettes.

La cérémonie se déroulant à la mission catholique, le vin de palme était prohibé et remplacé par la valeur équivalente en argent.

Voyez comment les choses étaient simples et saines à cette époque. Rien de comparable avec ce qui se passe actuellement. En fait, de nos jours, le mariage coutumier est devenu une transaction commerciale pour les parents ayant des filles à marier. Je le qualifie de coutume diluée. Par la suite, j'ai écrit à mes futurs beaux-parents par l'entremise d'un ami se rendant à Yasa pour leur annoncer la date de mon arrivée et celle du versement de la dot. La loi coloniale était stricte en matière de mariage coutumier qui devait précéder l'union religieuse et l'enregistrement à l'état civil. Notre mariage traditionnel avait eu lieu au domicile de mon beau-père, en présence de nos familles respectives et de mes amis qui firent le déplacement de Yasa. Le lendemain, j'allai demander au père Grejo, le Supérieur de la mission, de nous inscrire sur la liste du prochain groupe de couples à marier religieusement. Les mariages étaient programmés par groupes de vingt, trente ou quarante couples à la fois. Fort heureusement, le prêtre s'apprêtait à publier les bancs des nouveaux groupes des futurs mariés.

Après la vérification de nos deux identités et le constat de la conformité du mariage coutumier, il accepta de nous inscrire sur la liste des prochains mariés.

Deux semaines plus tard, je reçus la missive de mon futur beau-père me communiquant la date du mariage et celle du début de la retraite prénuptiale qui était obligatoire pour les futurs époux. Aucun retard n'étant toléré, je me mis aussitôt en route.

Après la bénédiction nuptiale et les réjouissances familiales, ma femme et moi partîmes, à vélo, pour notre résidence à Mfumu-Mputu où nous avions vécu quelques années avant de partir pour Kikwit.

J'ai une petite anecdote fort curieuse sur la première grossesse de ma femme. Un soir, alors que nous étions tranquillement assis au salon, ma femme me dit : « Je sens quelque chose bouger dans mes habits… ». Elle se leva brusquement et secoua ses pagnes d'un geste sec. Un serpent tomba et disparut devant nos yeux effrayés et médusés. Peu de temps après, Thérèse fit une fausse couche. Longtemps, nous nous sommes interrogés sur cet incident tout à fait incompréhensible. À cette époque, la croyance en la sorcellerie était très forte. Mais, voulant montrer mon esprit moderne, je me tournai résolument et avec confiance vers la médecine moderne.

En accord avec ma direction professionnelle, ma femme et moi nous rendîmes à l'hôpital de Vanga, où elle reçut les soins appropriés. Ensuite, elle conçut et accoucha sans problème, notre fille aînée, Marie-Jeanne, à l'hôpital de Yasa où son père travaillait toujours. Dès l'an- nonce de la naissance de Marie-Jeanne, je courus acheter des disques chez un Belge de la compagnie pour aller célébrer l'événement en famille. Le samedi suivant, je quittai Mfumu-Mputu de grand matin afin d'arriver avant la tombée du jour. Le phonographe et les disques solidement attachés sur la selle du vélo, je partis sans me soucier du déjeuner et sans emporter la moindre collation pour le voyage.

Cet oubli me valut une aventure mémorable.

En effet, après plusieurs kilomètres de pédalage, la montée de la colline « Ngomba ya Fula » (mont de Fula) eut raison des hurlements ininterrompus de mon estomac. Je m'arrêtai et scrutai les lieux avec une seule question en tête : « *Où cacher mon vélo pour aller chercher de quoi assouvir ma faim* ". Je ne pouvais pas l'abandonner au bord de la route sans risquer de ne plus le retrouver à mon retour. Soudain, je me souvins que ma compagnie, les HPK, avait un magasin situé au sommet de la colline.

De surcroît, le magasinier que tout le monde appelait Papa Paul, était un yanzi. Cela me donna du courage et me motiva à reprendre la route. Je gravis péniblement le flanc de la colline en répétant comme un mantra : « Encore *un petit effort, et j'aurai à manger* ». Une fois le magasin en vue, je jetai mon vélo sans ménagement et me ruai dans la boutique en criant à la femme de Paul, qui se tenait derrière le comptoir :

- Où est Papa Paul ?
- Il est allé à l'usine de Dondo HPK.

Toute honte envolée et, sans réfléchir, j'enchaînai :

- Maman Paul, je suis affamé... S'il vous plaît, trouvez-moi à manger. N'importe quoi.

Un petit morceau de chikwangue ou de manioc aurait été préférable pour tromper momentanément ma faim. Mais maman Paul revint de l'arrière-boutique avec une bouteille de vin de palme. Convaincu que cela me donnerait des forces, je vidai le contenu d'un trait et sentis aussitôt mon corps vibrer. Je me dis : « profitons-en pour partir ». Je remerciai la femme de Paul, enfourchai mon vélo et entamai la descente de la colline.

Très vite, ma tête commença à tourner; tandis que mon corps tremblait. J'avais du mal à me tenir droit sur la selle. Je rassemblai mes dernières forces pour descendre du vélo. La panique me gagna.

Je m'interrogeai : *"Quand parviendrai-je à Yasa et dans quel état serai-je ?"* Je marchais lentement en poussant péniblement le vélo… Après un temps indescriptible, je finis par atteindre une bourgade en bordure de la route. C'était la saison des champignons et les femmes en vendaient.

Je me dirigeai vers les étals des vendeuses et hélai l'une *d'elles* :

— *Kwisa (viens)*. J'ai faim. Où pourrais-je trouver du fufu, même de la veille, pour manger avec ces champignons.

Je lui montrai le petit bol que je venais d'acheter auprès des enfants qui en préparaient non loin de là.

La femme répondit :

— Nous n'avons que de *la chikwangue*.

— Ça me va très bien. Apporte ça.

J'avalai le repas salvateur en quelques bouchées, puis je lui demandai de l'eau. La femme m'apporta une bouteille contenant une eau crasseuse de couleur rouille. Je m'en moquai et en bus avidement tout le contenu. Une fois rassasié et désaltéré, je me sentis revivre et repris sans peine la route en pente, que je parcourus à vive allure jusqu'à la rivière Kafi. Sur l'autre rive, la route menait directement à l'emplacement de l'actuel hôpital de Bonga. Quelques tours de pédales de plus, et j'étais devant la résidence des Mubiala. Je sautai du vélo et courus pour accueillir ma fille, mon premier enfant. Quelle émotion !

Puis, je félicitai chaleureusement ma femme avant de saluer la famille et les amis venus en grand nombre.

— J'ai apporté un phonographe et des disques pour danser et fêter l'arrivée de Marie-Jeanne.

La musique tonitruante résonnait dans toute la petite cité, attirant les habitants de la mission. Dès l'aube, les femmes de la famille et leurs amies étaient à pied d'œuvre pour préparer le festin composé de plusieurs mets aux diverses saveurs locales qui furent servis sans discontinuer le long de la journée. Pour la circonstance, les personnes invitées, les voisins et les passants défilaient sans distinction devant les trois tables assemblées pour le buffet.

Les convives et autres passants se régalèrent à satiété et festoyèrent jusqu'aux heures permises par la loi coloniale. Le lendemain, au petit matin, je repartis à Mfumu-Mputu. Thérèse prolongea son séjour pour bénéficier de l'assistance et des sages conseils de sa mère avant de rentrer à la maison avec le bébé.

La naissance de Marie-Jeanne fut suivie de celles de Félicité, à qui j'ai donné le nom de ma défunte première épouse, et de Maximilien. Tous deux étaient également nés à Yasa. Maximilien décéda neuf mois après sa naissance.

Plus tard, j'ai redonné le prénom de Max à un autre fils. Dieudonné, Bénie-Florence, Dédée et Aimée sont nés à Kikwit...

Départ de Mfumu-Mputu

Après sept années passées à Mfumu-Mputu, je décidai de quitter les HPK pour Kikwit où résidaient la majorité de mes amis. Je commençai mes recherches d'emploi et envoyai la première lettre aux Établissements Almeida Frères, à Kikwit. Leur réponse arriva au mois de juillet ; monsieur Almeida m'attendait à Kikwit.

Aux HPK, l'Administrateur-directeur rejeta ma démission et, durant deux semaines, je restai sans aucune suite administrative de sa part. Je lui envoyai une seconde lettre avec des arguments justifiant ma décision de démissionner de la compagnie. Finalement, il accepta mon départ à la seule condition qu'en contrepartie, j'entraîne préalablement un autre employé pour me remplacer. Mon poste comprenait beaucoup de responsabilités. Il était pratiquement difficile de former une personne venant d'un autre département en peu de temps. La solution fut trouvée grâce à mon assistant qui me proposa de se charger de la formation de mon remplaçant.

Ce problème réglé, je fus confronté à celui du transport. Il me fallut attendre une semaine pour trouver un camion allant à Kikwit. Après plusieurs négociations avec la société, il me fut enfin autorisé de monter à bord du camion des HPK se rendant à Kikwit. En août 1949, nous quittâmes définitivement Mfumu-Mputu.

Ma conclusion sur mon séjour à Mfumu-Mputu fut très sévère : juste du temps perdu ! Je regrettais amèrement toutes ces années de réclusion en comparaison avec l'épanouissement de mes amis établis à Kikwit. J'avais le net sentiment d'être un arriéré. Il me fallait vite rattraper le temps perdu.

Les établissements Almeida et Frères

Le jour suivant mon arrivée à Kikwit, je me présentai au bureau d'Almeida et Frères où j'étais attendu. C'était une firme familiale appartenant à trois frères : Antonio Martins, l'aîné, José Martins, le puîné et Joachim Martins, le cadet. Antonio m'engagea le même jour comme comptable second et je pris mon poste de travail à ce Département. La société Almeida Frères était spécialisée dans le commerce général, c'est-à-dire dans la vente de produits disparates, tels que des articles de mercerie, du textile, des vêtements pour jeunes et adultes, de la layette, des chaussures, des accessoires de cuisine, du matériel sanitaire, des produits alimentaires. Les marchandises s'entassaient pêle-mêle dans le même espace qui ressemblait davantage à un bazar.

Des articles étaient éparpillées sur des étagères, par terre, dans les coins et recoins du magasin. Les petits articles débordaient du comptoir. Les vendeurs autochtones, postés à divers endroits du magasin, servaient les clients qui passaient ensuite payer à la caisse. Les rares voyageurs autochtones, souvent des serviteurs accompagnant leurs maîtres en congé au Portugal, rapportaient que c'était pareil chez eux. C'était le style des magasins portugais. Dès mon entrée en service, je fis la connaissance de Monsieur Gozo Pierre, le comptable, de nationalité gabonaise. J'ai compris très vite que M. Almeida m'avait embauché pour le remplacer. En effet, Monsieur Gozo fut licencié un mois après mon entrée en service et je le remplaçai à la comptabilité.

Ce faisant, mes responsabilités professionnelles augmentèrent, car j'eus aussi la charge des inventaires de cinq magasins de vente en détail et d'un magasin de gros à Kikwit.

Par ailleurs, la firme Almeida-Frères possédait d'autres magasins, notamment une gérance à Idiofa avec plusieurs magasins. Cette gérance comprenait des postes dans les localités d'Isamanga, de Yasa Lokwa, de Mangai, de Dibaya-Lubwe et de Gungu. Outre ces postes, il y avait également un magasin à Mungindu et un autre à Gungu. Almeida-Frères n'était pas opérationnel dans le territoire de Bulungu qui dépendait directement de Kikwit.

Les frères Almeida appréciaient mon rendement professionnel. Au fil des ans et avec l'expérience, j'avais même acquis la capacité de rédiger la petite correspondance commerciale en portugais. Toutefois, j'étais conscient du fait que ce travail me limitait ; il n'avait aucun débouché épanouissant. Après mûres réflexions, je décidai de faire le concours d'admission à l'administration coloniale pour le poste de commis. J'expédiai ma lettre à la direction du personnel de la province.

Au même moment, je venais de faire la connaissance de M. Nicolaï, un expert-comptable belge et auditeur des établissements Almeida-Frères. Un jour, il me demanda :

– Êtes-vous aller faire l'examen pour les commis coloniaux ?

– Oui, ai-je répondu.

– Je vous encourage. Avec ces Portugais, vous n'irez nulle part.

J'avais de bons rapports avec M. Nicolaï qui était devenu mon meilleur conseiller. Dès que la réponse arriva peu de temps après, j'allai le voir en premier pour lui annoncer la nouvelle. Le bureau de Léopoldville me demandait d'aller faire l'examen d'admission au district de Kikwit. Nous étions trois candidats et avions tous brillamment réussi. M. Nicolaï s'en réjouit sincèrement.

– Que dois-je faire maintenant, lui demandai-je ?

– Allez-vous présenter au district, conseilla-t-il.

– Et Almeida ? Comment lui annoncer la nouvelle ?

– Ne vous en préoccupez pas trop. Envoyez-lui une note, dit-il.

J'envoyai un message à l'aîné des frères Almeida, qui m'avait embauché. Le lendemain matin, je le confrontai. Dès qu'il me vit, il prit ma main et la palpa pour voir si je ne faisais pas de fièvre. Sa première question fut :

— Yvon, qu'est-ce qui se passe ? Vous n'êtes pas malade ?

— Non, je vais très bien, répondis-je. Je viens de recevoir ma lettre de nomination de Léopoldville. Je suis engagé au secrétariat du district.

Ne pouvant se résoudre à l'idée de me voir quitter ses établissements, Almeida Antonio me chargea d'une mission d'une semaine aux huileries de Yenge pour faire l'inventaire des magasins, espérant ainsi me faire oublier ou renoncer à l'idée de quitter les établissements. À mon retour, il m'offrit un cochon sur pied en disant :

— Allez manger avec votre femme et vos enfants.

Le jour suivant mon retour à Kikwit, Mme Maria Amélia, l'épouse d'Antonio Almeida m'invita dans leurs appartements. C'était une Portugaise dégourdie qui parlait parfaitement bien le français. Lorsque j'entrai dans le salon, elle attaqua :

— Qu'est-ce que j'apprends, Yvon ? Mon mari me dit que tu veux nous quitter ! Il n'a pas dormi de la nuit ; il risque de mourir d'une crise cardiaque. Je t'en supplie Yvon, pardon, pardon, ne fais pas cela, tu vas le tuer. Que veux-tu ? Dis-moi ce que tu souhaites, je le dirai à Antonio et il le fera. Penses-y, Yvon nous te donnerons tout ce que tu veux, mais ne pars pas, pardon.

— Oui madame, je vais y réfléchir.

En la quittant, ma décision était prise. Je ne reculerai pas. Cependant, ne voulant pas les laisser dans l'embarras, je proposai le compromis suivant à M. Almeida Antonio : « après mon travail au district, à 16h30, je viendrai vous donner un coup de main jusqu'à 18h ». L'expérience s'avéra épuisante.

J'y renonçai au bout d'un mois. Je quittai définitivement les établissements Almeida et Frères.

Mes premiers pas à l'Administration

Dès l'embauche, l'administration à Léopoldville décida de m'affecter au bureau de Feshi. À cette époque, le territoire de Feshi appartenait au district du Kwango, à l'instar des autres territoires de Léopoldville.

La pratique courante était que les nouvelles recrues de la province soient mises à la disposition du district, sauf en cas de vacances dans un territoire donné. Dans ces conditions les recrues y étaient affectées d'office, ce qui était mon cas. Je devais aller remplacer un commis qui venait de décéder dans un accident de chasse.

Dès qu'il apprit la nouvelle de mon affectation à Feshi, M. Nicolaï alla trouver M. Minion, le secrétaire du district pour lui demander de faire annuler la décision et de me retenir au bureau-mère du secrétariat de district à Kikwit car j'étais un bon élément.

Quelques mois plus tard, un autre examen d'admission fut organisé. Mon cousin Charles Dikitele y participa et réussit. C'est lui qui fut envoyé à Feshi. Au cours des années 1953 – 1954, la province décida de scinder le grand district du Kwango en deux, à savoir le district du Kwilu et le district de Kwango.

Je travaillais au secrétariat de district sous la supervision de Monsieur Willem Fimi, le Commissaire de district. Il m'appréciait et me faisait confiance. J'avais beaucoup appris sous sa tutelle. Sa carrière tirait vers la fin et il se préparait déjà pour son retour en Belgique. .

Sur le plan social

En 1948, l'administration coloniale créa le statut de "évolué", qui était accordé à quelques autochtones. Ce rang entra en vigueur à Kikwit au mois d'août 1949. Il était dirigé par le Père supérieur Ryx, un prêtre jésuite de la paroisse de la ville.

Le statut social des évolués

Depuis 1948, était considéré comme un évolué, tout Congolais remplissant les conditions fixées à cet effet, à savoir :
- posséder le niveau d'instruction nécessaire. Ce qui signifiait, avoir fait trois ou quatre ans d'études post-primaires, dans les écoles moyennes formant les auxiliaires de l'Administration et les commis ainsi que dans les écoles normales pour instituteurs ;
- avoir une situation matérielle honorable soit un revenu mensuel de 1000 francs minimum ;
- avoir une responsabilité assumée dans son métier;
- avoir une bonne moralité;
- adopter un mode de vie, avec des valeurs, des mœurs et des comportements des Blancs.

Le statut de *"immatriculé"* fut créé par la suite pour désigner le cadre de rang supérieur à celui de l'évolué. Le rang de 'immatriculé pouvait être obtenu en faisant la demande. Une enquête préalable était menée sur la vie du postulant. L'acquisition du statut de *"immatriculé"* octroyait au bénéficiaire l'avantage de fréquenter les établissements des Blancs, à ses enfants d'étudier dans les écoles des enfants blancs. Lorsque j'ai introduit ma demande d'immatriculation, un certain Mulengamungwa fit un rapport négatif sur moi et ma demande fut rejetée. Heureusement que l'immatriculation, à cette époque, se référait à la bonne conduite citoyenne et non à la vie privée des individus. Ainsi, mon fils Dieudonné fut admis à l'école primaire des Blancs de Kikwit comme tous les enfants des immatriculés.

Tout comme la classe des évolués, celle des *"immatriculés"* était nettement perçue par les autochtones comme un énième subterfuge des coloniaux pour intimider, culpabiliser et contrôler moralement les autochtones. En effet, l'évolué et l'immatriculé vivaient sous la menace de se voir retirer son statut ou son droit s'il était pris en faute. La preuve ? Bien qu'étant président du Cercle des évolués, je n'ai pas été accepté comme immatriculé à cause du rapport de Mulengamungwa.

Le cercle des Évolués du Kwilu.

Parmi les évolués de notre cercle, il y avait également des commis de l'État colonial. La plupart travaillait dans les services de la Territoriale, du district, au parquet et à l'agriculture. La majorité était composée des ressortissants du Bas-Congo.

La première réunion des évolués avait eu lieu le 27 août 1949, peu de temps après mon arrivée à Kikwit. L'objectif était d'élire le comité d'administration du cercle qui comprenait un Président, un Vice-président et un Trésorier.

À ma grande surprise, je fus élu Président cela, malgré mon arrivée récente. Les rencontres avaient lieu chaque vendredi, chez les pères jésuites, ou dans le bâtiment de l'administration publique appelé CEKI »

(Centre Extra-Coutumier de Kikwit). Outre les évolués, le Père supérieur, le chargé, ainsi que le tutélaire du Centre Extra- Coutumier, également l'Administrateur-assistant, participaient à toutes nos réunions. Tous les trois étaient des Belges.

Le Cercle des Évolués du Kwilu comprenait entre autres les membres suivants : Kamitatu Cléophas, Kinkiè Raphaël, Siya-Siya Nestor, Dikitele Charles, Katshunga Marc et Paul Kakwala. Ma vie à Kikwit n'avait rien de comparable aux sept années perdues à Mfumu-Mputu. Je garde beaucoup de beaux petits souvenirs de jeunesse. Je considère cette époque comme une période de divertissement. C'était le temps où les premières danses et chansons des Congolais étaient en vogue, comme l'impérissable *Marie-Louisa* de Wendo. Dès qu'elles passaient à la radio, nous réagissions comme à un appel à la distraction et à l'insouciance. J'étais jeune, j'avais un bon emploi que j'aimais et que j'accomplissais bien. Mes chefs appréciaient mon rendement, particulièrement le frère aîné de la famille Almeida. Je prenais du bon temps et m'amusais pleinement.

Les loisirs étant assez limités à Kikwit, la plupart du temps, nous nous rencontrions entre amis. Nos réunions avaient inspiré et poussé les Belges à créer les cercles des évolués et des immatriculés. Les gens se retrouvaient dans des cadres constitués et contrôlés d'une certaine façon. Comme jeux de société, nous avions : les cartes, les billards, les quilles et un bar. J'étais excellent au jeu de billard. Nous avions nos équipes de football et de volley-ball. Nos soirées de samedi se déroulaient dans les deux bars les plus mouvementés de l'époque: Madia-Bar et Bar Mputu.

Le cercle de mes amis.

En 1958, les commerçants autochtones créèrent une corporation dénommée « Association des commerçants », (ACLAMAC) en sigle. Je fus élu Secrétaire général de leur regroupement. Je constatai que les gens attachaient une certaine importance à ma modeste personne. Les parrains et marraines de mes enfants étaient souvent des amis ou des parents. Marie-Jeanne avait été baptisée en mon absence ; ma belle-sœur Marthe était la marraine de Félicité, mon ami Pierre Kimpiam, le parrain de Dieudonné et Cléophas Kamitatu, celui de Bénie.

Dans mon cercle d'amis intimes, Kama Sylvain, mon compagnon d'école, venait en tête de liste. Plus qu'un ami, il était un vrai frère pour moi. Ensuite c'était Pierre Kimpiam. J'ai fait sa connaissance à Kikwit en 1949, après avoir quitté Masi-Manimba. Pierre venait de Kasongo-Lunda où il avait été commis à la Colonie pendant plusieurs années. Nous nous sommes rencontrés un jour et nous sommes restés des amis inséparables comme deux doigts de la main. Enfin venaient Nestor Siya-Siya et Laurent Sindani.

Ils étaient mes amis intimes de Kikwit avec qui j'ai partagé une grande fraternité. Kikwit a été mon second village. Ma vie sociale a commencé dans cette ville. Je m'y étais rendu pour la première fois à la fin de mes études et avant d'aller occuper mon poste à Mfumu-Mputu. J'y ai séjourné pendant un mois chez Kama Sylvain. Sept années plus tard, j'étais de retour pour m'y installer définitivement.

Ma vie professionnelle dans le secteur étatique

Mes premiers pas dans le secteur étatique

D'aucuns diraient qu'il est difficile d'échapper à son destin. En effet, lauréat finaliste de l'école moyenne, j'avais dédaigné le statut de fonctionnaire préférant le secteur privé. Sept années plus tard, après de loyaux services aux HPK et sept autres années aux établissements Almeida, le destin s'était employé à m'en sortir. Pour y parvenir, le parcours fut long et tortueux. Dans un premier temps, il me fallut beaucoup de courage pour quitter Mfumu-Mputu et aller me fixer à Kikwit, chef-lieu de l'Administration du District du Kwango ; ensuite, m'adonner à l'Administration coloniale et, enfin, aboutir à la politique.

L'avant-veille de l'indépendance.

Les turbulences politiques et les agitations de la population avaient débuté à Léopoldville, à partir de 1957. Les évolués indépendantistes commençaient à parler d'indépendance. C'est au cours de la même année que M. Cornelis, le Gouverneur général, prononça le premier et fameux grand discours gouvernemental. Il annonçait aux Congolais la décision du gouvernement belge de réviser toute sa politique coloniale. Cette allocution eut l'effet d'une onde de choc dans tous les milieux. Ce qui amena le gouvernement belge à organiser les premières élections communales. À Kikwit, je fus élu comme chef du Centre Extra-Coutumier, un titre que portaient tous les élus communaux et qui leur interdisait d'exercer une activité politique. De grandes réjouissances furent organisées chez tous les élus, festivités auxquelles parents, amis et connaissances prirent part.

Monsieur Willem Fimi était toujours mon chef direct. Officiellement, il était l'administrateur, chargé de la supervision, mais en réalité, il était un agent territorial belge désigné comme agent tutélaire extra-coutumier.

Nos relations étaient très cordiales. Son départ définitif en Belgique était prévu pour l'année suivante, en 1959. Un jour, il me donna cet avertissement :

– Yvon, comme tu le sais, je vais bientôt partir.

– Non, monsieur le commissaire de district, votre carrière se termine en 1959, lui répondis-je.

– C'est vrai, mais écoutez bien ceci. Je sais qu'il va se passer des choses abominables ici. Quand je suis arrivé à Kikwit, vos parents étaient des jeunes gens. Nous avons pris de l'âge ensemble et je ne voudrais pas voir leur sang couler. Vous êtes le Chef de Centre Extra-Coutumier et, à ce titre, vous devrez faire très attention, car votre rôle sera des plus difficiles. D'une part, vous aurez à contenir la population en vue d'éviter des désordres et, d'autre part, vous aurez à obéir aux ordres des Belges. La population, vos collègues et vos amis vont bientôt commencer à réclamer l'indépendance.

Très naïvement, je m'exclamai :

– L'indépendance, Monsieur Willy ! De quoi parlez-vous ?

– Eh bien, vous l'apprendrez assez tôt quand les gens la réclameront ! Ils se heurteront à la Belgique, aux militaires belges, à l'armée congolaise, à la Force publique. Soyez souple avec l'administration belge, et n'oubliez pas les vôtres qui vont demander l'indépendance. Si vous les négligez aujourd'hui, vous serez le plus malheureux le jour où ils l'obtiendront. Jouez bien votre carte.

De très importants événements sociaux, culturels et politiques commencèrent dès 1958 ; ils s'accélèrent au fil des mois. C'était notamment l'exposition universelle de Bruxelles, la création des partis politiques congolais, la révolte du 4 janvier 1959 à Léopoldville, les consultations organisées par le Roi des Belges, la tenue de la Table ronde de Bruxelles, la mise en place des institutions de la République du Congo. D'où la suite logique de l'évolution politique du pays. Plus d'une année après cet entretien, j'eus l'occasion de revoir Monsieur Willem en Belgique, durant mon séjour dans le cadre de la Table ronde. Il m'invita à passer une fin de semaine chez lui à Bruges.

Au cours du dîner, il évoqua notre conversation :

— Vous souvenez-vous des événements du 4 janvier ? Je vous avais prévenu !

Je lui répondis d'un ton pensif :

— Était-ce une prophétie ou en aviez-vous eu vent Hemelrijck ? Je ne cesserai de vous remercier pour votre mise en garde.

Sa réponse resta vague.

L'Exposition universelle de Bruxelles et ses retombées au Congo.

En 1958, la Belgique organisa sa fameuse exposition universelle que la majorité des évolués visitèrent, parmi lesquels Patrice Émery Lumumba. Pour la première fois, les Congolais découvraient la métropole coloniale : un pays extrêmement riche et opulent, grâce à l'exploitation des richesses du Congo et de ses habitants. Le réveil brutal des évolués fut extrêmement douloureux et violent. Ils réalisèrent le profond mépris, la perfidie et le mensonge des Belges à l'égard du peuple congolais.

À leur retour, la colère gronda fortement à Léopoldville. Des rumeurs venues de la Capitale faisaient état de la création des partis politiques.

****

Mon entrée en politique

Chez nous, à Kikwit, Paul Kakwala était en contact avec l'un de ses cousins résidant à Léopoldville. Ce dernier lui fournissait des bribes d'informations sur le Parti progressiste congolais récemment créé. Les renseignements nous parvenant nécessitaient des clarifications. Les évolués décidèrent de déléguer deux membres à Léopoldville. Leur mission était de s'enquérir de la situation politique, particulièrement concernant la constitution et l'organisation des partis politiques. Muisa Camus, un travailleur des établissements Madail, ainsi que Charles Debot furent choisis pour la mission. Charles était un ancien musicien venu en 1954 à Kikwit. Tombé sous le charme des filles de notre ville, il y avait jeté l'ancre et même pris racine. Tous deux n'étaient pas des natifs du Kwilu.

À leur retour, nous nous retrouvâmes chez Madia-Bar, le bar le plus populaire de Kikwit afin d'écouter leur rapport de mission. Notre déception fut grande d'apprendre que ces deux messieurs avaient souscrit leur membriété au Parti MNC-Lumumba sans l'avis du parti. Ils avaient même apporté des cartes d'adhésion à ce parti avec l'intention de créer et de diriger un comité du parti MNC-Lumumba à Kikwit. Leur proposition fut catégoriquement rejetée. Ce qui entraîna une chaude discussion.

La réunion s'acheva dans une cacophonie indescriptible. Après avis et considération de la situation, les natifs du Kwilu décidèrent de mettre un terme à l'aventure de Mwissa et Charles. Notre groupe était composé en grande majorité des anciens élèves des pères jésuites et nous étions très unis. Chacun accepta de payer une cotisation de 100 francs afin que nous puissions envoyer une nouvelle délégation à Léopoldville. Trois personnes furent désignées, entre autres, Albert Kanioka et Cléophas Kamitatu. Leur mandat était d'apporter des précisions sur la constitution des partis politiques.

Dès leur retour, le Parti Solidaire Africain (PSA en sigle) fut créé et installé à Kikwit. Le siège du parti se trouvait à Léopoldville et comprenait quelques ressortissants du Kwilu. Kama Sylvain en était le fondateur. Le poste de président lui revenait d'office, compte tenu de son implication et des efforts fournis pour la création du parti. Malheureusement, son statut d'agent de l'administration coloniale ne l'autorisait pas à occuper ce poste. Le choix du groupe se porta sur Monsieur Antoine Gizenga, un théologien, professeur à l'école Sainte-Anne de Léopoldville.

Gizenga n'avait aucun intérêt ni curiosité pour la politique. Sa première réaction fut un refus catégorique, mais, à force d'insistance, les arguments du groupe eurent raison de ses réticences. Il accepta la présidence du parti ; la nouvelle de la création du Parti solidaire africain fut aussitôt diffusée et rapidement répandue. À Kikwit, une grande réunion d'information fut convoquée au bar Mputu sur l'avenue Lukula, au cours de laquelle le comité du parti fut créé.

Étant la personnalité la plus en vue, les gens proposèrent ma candidature au poste de Président du comité. Je déclinai l'offre pour les mêmes raisons que Kama. Ma position de chef de Centre Extra-Coutumier ne le permettait pas. Je suggérai Kamitatu à ma place. Il venait de quitter l'administration coloniale où il était sous-statut après une condamnation de plus de trois mois, ce qui, à l'époque, entraînait une révocation d'office. Devenu chômeur, je l'avais embauché comme mon secrétaire au centre extra- coutumier. Kamitatu était de tempérament assez brutal, fonceur et volubile. Il avait trouvé là l'occasion de faire ses premiers pas en politique.

Lors du vote qui eut lieu au Bar Mputu, je recommandai vivement sa candidature au poste de Président du Comité du Parti solidaire africain de Kikwit. Il fut largement élu. Le premier comité se composait de : Président Kamitatu, premier Vice-Président, Katshunga Marc, deuxième Vice-Président Paul Kakwala, Secrétaire Mafuta Christian, Trésorier Honoré Kimwanga. Ce dernier était un ancien chef de Centre et un homme d'une très grande intégrité. J'assumais la fonction de Directeur du Bureau politique du parti, un poste sans visibilité ni conflit d'intérêts avec mon travail administratif.

Une fois le parti implanté, nous avions organisé une vaste campagne de propagande et de levée de fonds. Cette première opération fut un véritable succès pour le parti qui récolta des millions de francs pour constituer son fonds de roulement. Vu l'aspiration profonde du peuple à l'indépendance et à la liberté, les gens se montrèrent très généreux et donnèrent sans compter. Sur le plan national, il y avait des tensions entre l'administration coloniale et les jeunes partis politiques congolais.

****

La révolte du quatre janvier 1959, à Léopoldville.

Gaston Diomi et Patrice Émery Lumumba venaient de participer à la *Conférence panafricaine des Peuples* qui s'était tenue à Accra, le huit décembre 1958, pour soutenir les mouvements d'indépendance en Afrique. Le Président du Ghana, Kwame N'Krumah, était l'organisateur de cette rencontre. Il souhaitait en faire la plateforme de lancement de la politique africaine. Il exposa ses objectifs nationalistes et essaya d'imposer le panafricanisme comme moyen d'accession à la liberté. Joseph Kasa-Vubu s'était vu refuser l'autorisation de s'y rendre.

Aussitôt de retour dans la Capitale, Patrice Émery Lumumba tint un meeting à la place YMCA, avec les militants de son parti, le « MNC », pour présenter le compte-rendu de la conférence d'Accra. De son côté, après la rencontre de Patrice Lumumba le 30 novembre 1958, l'ABAKO de Kasa-Vubu informa le bourgmestre belge de la tenue prochaine de son meeting, prévu pour le 4 janvier 1959, à la place YMCA.

Leur lettre d'information arriva le 2 janvier au bureau du Bourgmestre qui répondit, le même jour, en ces termes : « *Si c'est une réunion privée, nous ne faisons pas objection ; mais, elle n'a pas le caractère privé qu'elle devrait avoir, vous êtes responsables de tout ce qui pourrait arriver et vous devez le savoir* ». Malencontreusement, le parti de Kasa-Vubu ne réceptionna cette réponse que le 3 janvier 1959. L'ABAKO l'interpréta comme un refus.

La rencontre fut annulée dans une confusion de rumeurs contradictoires qui provoquèrent le mécontentement des militants.

Le jour suivant, le 4 janvier 1959, Vita-Club jouait en demi-finale contre Mikado. L'équipe de Léopoldville perdit le match par 3-1. Déçus par cette défaite, qu'ils imputaient à l'arbitre, chemin faisant, les supporters de Vita Club croisèrent les mécontents de l'Abako qui se trouvaient encore à la Place YMCA. Cette conjonction de frustrations provoqua une explosion spontanée de révoltes populaires et sociales. Des maisons furent incendiées, des magasins pillés et brûlés.

La révolte dura trois jours. La répression fut très violente. Le bilan officiel faisait état de quarante-neuf morts. Mais d'autres sources, notamment celles de l'ABAKO annonçaient des centaines de morts.

Les émeutes entraînèrent l'arrestation de Kasa-Vubu, Diomi, Pinzi et plusieurs autres leaders de l'ABAKO.

À Kikwit, des tracts nous arrivaient de Léopoldville, invitant la population à se soulever : « *contre les Blancs, qui n'ont que du mépris pour nous* ».

Le message finit par atteindre sa cible. La population était éveillée et se tenait aux aguets.

****

Réaction de la Belgique.

Les consultations organisées par le Roi.

À l'issue des émeutes, le roi des Belges, Beaudoin 1er, délégua le Ministre des colonies, M. Van Hemelrijck, pour rencontrer les chefs coutumiers. Le mot d'ordre du Souverain était : « *Allez-vous enquérir de la situation ; tâchez de persuader les Congolais que c'est le chef coutumier qui est l'autorité au Congo, et non l'évolué* ».

À cette époque, la province de Léopoldville comptait cinq districts : le Mayi-Ndombe, aussi appelé district de Léopold II, le Kwilu, le Kwango, les Cataractes et le Bas-Fleuve. Le Gouverneur général du Congo-Belge, M. Cornelis, et le Gouverneur de la Province de Léopoldville, M. *Boomans*, décidèrent que chaque district devait dépêcher un chef coutumier pour rencontrer le Ministre des Colonies. Bien que n'étant pas un chef coutumier, je fus cependant désigné par M. Simon, le Commissaire de District du Kwilu, pour représenter notre district.

Arrivé la veille à Léopoldville, je fis brièvement la connaissance des quatre autres chefs coutumiers, notamment le chef Kiamfu du Kwango. Nous étions tous logés à l'hôtel Jocol. Le voyage ayant été improvisé, nous n'eûmes pas le temps de nous concerter sur une position commune ni de rencontrer des évolués de Léopoldville pour avoir les dernières informations sur les déclarations des partis politiques. La rencontre avec le Ministre des Colonies eut lieu le lendemain matin dans l'actuelle résidence officielle du Gouverneur de la Ville de Kinshasa. La pièce où se tinrent les assises ne pouvait contenir la foule nombreuse venue avec l'espoir d'assister à l'événement. Seuls les cinq représentants des districts, les officiels et quelques rares privilégiés furent les témoins de cette séance historique. Le public demeura à l'extérieur et dut se contenter des réactions venant de la salle de réunion.

Nous étions installés au premier rang. Les officiels se présentèrent selon l'ordre établi par le protocole. Le Gouverneur de Province, M. Boomans arriva en premier. Il crut utile de nous faire la leçon comme s'il s'adressait à des enfants :

— Faites très attention à ce que vous allez dire et répondez bien aux questions; il ne faut pas suivre toutes les histoires que vous avez peut-être entendues ici à Léopoldville; les gens inventent et racontent n'importe quoi.

Il faisait allusion aux évolués.

Puis, le Gouverneur général, M. Cornelis fit son entrée. Le Ministre des Colonies, M. Van Hemelrijck arriva en dernier et fut accueilli par des applaudissements.

Le Gouverneur *Boomans* ouvrit la séance avec un discours d'introduction du Ministre Van Hemelrijck et du but de sa mission. Puis, le Gouverneur général, Cornelis prit brièvement la parole avant de céder la tribune au Ministre Van Hemelrijck.

Ce dernier choisit de s'adresser prioritairement et directement aux cinq chefs coutumiers. Il déclara : « *Je viens au nom du roi Baudouin 1er, roi des Belges, pour en apprendre davantage sur ce qui se passe aujourd'hui dans votre pays. Nous les Belges savons que le pouvoir au Congo est entre les mains des chefs coutumiers. Or, nous apprenons par des écrits et par des radios que les évolués demandent l'indépendance immédiate et inconditionnelle. Le roi m'a délégué pour avoir votre avis. Je suis venu vous poser directement la question suivante: êtes-vous d'accord avec la demande des évolués de Léopoldville ? Je vais acter votre réponse et en ferai mon rapport au roi avant de poursuivre ma mission dans les autres provinces.* »

    Le Ministre attendait la réponse des délégués des districts. Nous n'étions nullement préparés à cette éventualité. De plus, seuls les chefs coutumiers du Bas-Fleuve, un ancien moniteur, et moi nous exprimions en français. Face au mutisme de mes collègues, je levai la main pour demander la parole :

    − Ah, il y en a un là-bas qui veut parler, dit le Ministre.

    − Oui, c'est le chef du Kwilu, dit M. *Boomans* qui me connaissait. Mettez-vous debout, ordonna-t-il.

    − Qu'avez-vous à dire, demanda M. Van Hemelrijck.

    − Monsieur le ministre, commençai-je.

On dit, "Votre Excellence", en s'adressant au Ministre, me coupa sèchement le Gouverneur *Boomans*.

    Je repris : « Votre E*xcellence, je prends la parole au nom de mes collègues, les chefs authentiques représentants de nos districts respectifs. Votre Excellence, je dois clarifier le point suivant avant de répondre à vos questions sur ce que veulent les évolués de Léopoldville, d'une part, et si nous appuyons leurs revendications, d'autre part.*

    Il convient de rappeler que les évolués de Léopoldville sont nos enfants. Pour eux, vous avez construit des écoles, vous leur avez appris à travailler, à réfléchir et à agir comme vous. Ils vous connaissent mieux que nous autres, les chefs coutumiers. Ils travaillent comme vous et même mieux que nous. *Par conséquent, Votre Excellence, nous les écoutons et leur faisons confiance ; nos enfants ne peuvent pas nous tromper. Donc, lorsqu'ils réclament l'indépendance immédiate et inconditionnelle, nous sommes d'accord avec eux ; ils comprennent votre vie mieux que nous ».*

Ma déclaration fut suivie d'un tonnerre d'applaudissements qui m'effraya. J'observai furtivement la salle pour voir si quelqu'un m'en voulait ou si un policier venait m'arrêter. Mon regard tomba sur les visages rouges de colère et d'indignation des deux gouverneurs belges. Lorsque le silence revint enfin dans la salle, le Ministre s'adressa de nouveau à nous pour demander s'il y avait un autre intervenant. Le chef de district du Bas-Fleuve prit la parole pour corroborer mes propos.

Après quelques considérations, la séance fut vite levée. Dehors, la foule en délire nous acclamait. Ma déclaration avait vite fait le tour de la ville. Les évolués me cherchaient pour me féliciter. J'étais très conscient des remous provoqués par mon intervention sur les officiels et les autres Blancs. Craignant des tracasseries ou une arrestation par la police coloniale, je décidai de rentrer à Kikwit dès le lendemain matin sans prendre aucun contact avec les évolués de Léopoldville.

Après sa tournée dans les autres provinces, le Ministre des Colonies retourna en Belgique. Le monarque belge n'apprécia sans doute guère les résultats de son Ministre des Colonies, car il décida d'entreprendre à son tour le même périple. Cette fois, Baudoin 1er ignora intentionnellement l'itinéraire préétabli par le protocole et s'envola à Stanleyville (Kisangani) en décembre de la même année. Un changement de trajet non anodin. En effet,

Yvon Kimpiob-Ninafiding Nki-Ekundi Page 61

considérant les agitations qui secouaient Léopoldville, les stratèges coloniaux voulaient envoyer un signal fort aux évolués en minimisant la stature de la Capitale, devenue, selon eux, le bastion de ces trouble-fêtes. Après Stanleyville, la délégation royale se rendit à Costermansville, au Kivu, puis à Luluabourg (Kananga), ensuite à Coquilhatville (Mbandaka). Léopoldville fut la dernière étape. Pour la circonstance, les chefs coutumiers de la Province de Léopoldville furent de nouveau invités à rencontrer le monarque. Cette fois, les cinq districts reçurent chacun l'ordre d'envoyer une délégation de cinq chefs. Vingt-cinq chefs coutumiers devraient rencontrer le roi Baudoin 1er à Léopoldville.

La délégation du Kwilu était composée de chefs de secteurs et des chefs coutumiers, tous des hommes instruits, parlant parfaitement le français. C'était notamment le cas des chefs Kitoko de Kwenge, Kimbamako César, Kasende Joseph pour le Kwilu ainsi que les chefs d'Idiofa et du territoire de Masi-Manimba. Considérant les antécédentsdents survenus lors de la rencontre avec le Ministre des Colonies, je fus exclu d'office de la liste du Kwilu par les autorités coloniales.

Mon parti politique s'était réuni aussitôt pour évaluer la situation et prendre position. Une délégation fut dépêchée auprès du Commissaire de district avec un message clair :

— Kimpiobi doit faire partie de la délégation du Kwilu.

La réponse de ce dernier fut sans appel :

— C'est trois fois non ! Le Gouverneur général ne veut plus entendre prononcer le nom Kimpiobi.

La réaction du parti ne tarda pas :

— Monsieur le Commissaire, nous estimons que Kimpiobi a fait une excellente prestation à la rencontre avec le Ministre des Colonies. Sans sa participation, le Kwilu sera absent à cette importante réunion. Veuillez communiquer le message suivant au Gouverneur de Léopoldville : « *Si le chef du centre-extra coutumier de Kikwit, Monsieur Kimpiobi n'est pas dans la délégation du Kwilu, personne n'ira à Léopoldville* ».

Un bras de fer, sous forme de polémique télégraphique, s'engagea entre les officiels et les responsables du PSA.

Le gouverneur de province répliqua :

— Cela ne me concerne pas.

— Dans ce cas, adressez-vous à qui de droit. Retenez seulement que Monsieur Kimpiobi doit être de la délégation du Kwilu. Autrement, aucun délégué du Kwilu ne sera à Léopoldville.

Le Gouverneur de province informa le Gouverneur général qui resta ferme sur sa position. Ces échanges se déroulaient un dimanche matin ; nous avions assez de temps pour nous concerter. Au parti, les positions étaient partagées. Certains membres estimaient qu'il fallait maintenir la pression tandis que d'autres désapprouvaient la politique de la chaise vide. Après de longs débats, il fut décidé que nous nous en tiendrons à la décision du premier groupe.

Tôt, le matin du lundi, les délégués du Comité du Parti se rendirent au bureau du commissaire de district pour signifier leur décision :

— La délégation du Kwilu sera absente de la

rencontre de Léopoldville, suite au refus du Gouverneur pou la participation d'un membre désigné par le parti.

— Mais enfin ! Le district a déjà désigné les cinq chefs de la délégation ! Où, voudriez-vous que nous mettions Monsieur Kimpiobi, s'exclama le Commissaire, d'un ton courroucé ?

— Très bien, nous avons compris votre position. La discussion est close. Veuillez prendre acte que la délégation du Kwilu ne partira pas, déclara un membre du comité.

— Je ne peux rien faire fut la réponse du commissaire.

Dès notre départ, ce dernier se précipita sur la phonie pour prévenir le Gouverneur de Province :

— La délégation du Kwilu ne vient pas, en cause l'absence de Monsieur Kimpiobi.

Voulant éviter tout incident perturbateur durant la visite du roi, le Gouverneur général finit par céder, à une seule condition :

— Dites à ces gens qui tiennent tant à Monsieur Kimpiobi qu'il peut venir, mais à ses frais.

Sans perdre une minute, le parti dépêcha un membre à la Sabena (les lignes aériennes belges) pour acheter mon billet d'avion. Le district du Kwilu était le seul à avoir six délégués.

Tous les représentants des districts furent logés à l'hôtel Jocol, comme la fois précédente. Ayant été informé de notre présence à Léopoldville, M. Joseph Kasa-Vubu, président de l'ABAKO envoya son secrétaire avec le message suivant : « *Je demande aux délégués de la province de Léopoldville de ne pas aller à la rencontre du roi avant de me rencontrer* ».

L'écho de mon intervention devant le ministre des colonies persistait dans les milieux des évolués. J'appris que Kasa-Vubu m'avait cherché après mon départ de la capitale. Son secrétaire confirma le fait en demandant :

– Qui parmi vous est le chef Kimpiobi ?

– C'est moi, répondis-je

– Le président Kasa-Vubu vous demande de conduire les délégués de la province de Léopoldville au bureau de l'ABAKO.

Tôt le matin suivant, nous nous sommes rendus dans les locaux du parti de M. Kasa-Vubu, qui étaient situés sur l'actuelle avenue de la Victoire.

Le parti ABAKO était très bien organisé. Le président nous attendait. Dès notre arrivée, il demanda :

– Où est le chef du Kwilu qui était présent lors de la visite du Ministre des Colonies?

– C'est moi, dis-je en avançant d'un pas vers lui.

– Au nom de notre pays, je vous rends hommage parce que j'ai appris, après votre départ, votre lumineuse déclaration devant le Ministre des Colonies.

– Merci beaucoup monsieur le président.

Puis, s'adressant aux délégués, il dit :

– Maintenant que vous allez rencontrer le Roi, je recommande à tous que le Chef Kimpiobi soit le porte-parole du groupe. Si l'un d'entre vous souhaite également intervenir, que cela soit pour appuyer sa déclaration. Chef Kimpiobi, veuillez répéter exactement le même message que lors de votre rencontre avec le Ministre des Colonies. S'il vous plaît, n'ajoutez ni ne soustrayez aucun mot.

Puis, le Président Kasa-Vubu ordonna à son

secrétaire de louer des taxis pour nous conduire au lieu de notre rendez-vous. La séance qui était publique devait se tenir à la même résidence que la réunion avec le Ministre des Colonies.

Le protocole était légèrement différent. Une foule plus nombreuse était massée devant l'édifice. Les vingt-cinq chefs délégués réguliers de la Province de Léopoldville et moi, l'appendice du Kwilu, fûmes installés au premier rang. Le Gouverneur de province ne cacha pas sa contrariété lorsqu'il m'aperçut au milieu des délégués. Il me lança d'un ton irrité :

— Encore vous ici ?

Le discours du roi, s'adressant aux chefs coutumiers, était sans ambiguïté : « *Messieurs les chefs Coutumiers, le mois dernier, vous avez été reçus par le Ministre des Colonies ; à son retour en Belgique, il m'a présenté les résultats de vos échanges. Cependant, j'ai tenu à venir vous rencontrer en personne pour avoir un dialogue direct afin de connaître votre sentiment réel. Je tiens à vous prévenir contre les discours des évolués : ne vous laissez pas manipuler ni séduire par leurs promesses. Prenez vos responsabilités. Nous savons que c'est vous qui êtes les véritables détenteurs du pouvoir de ce pays* ».

Le Roi parla tantôt sous forme de conseils, tantôt d'exhortations, ou bien carrément de mise en garde.

Il poursuivit : « *La Belgique et moi-même restons ouverts à votre décision. Mais n'oubliez pas que c'est la destinée de votre pays que vous mettez en jeu.* Votre *pays sera ce que vous aurez décidé aujourd'hui.* »

Le Roi tint encore d'autres propos sur le même ton avant de conclure : « *Je vous laisse la parole pour me donner votre avis sur ce que vous pensez de la demande des évolués de Léopoldville concernant l'indépendance immédiate et inconditionnelle.* »

Un silence lourd plana sur la salle. Conforté par la confiance de mes pairs, je levai la main en jetant un bref regard sur le Gouverneur de province pour voir sa réaction. Il était livide, comme s'il allait s'évanouir la minute suivante.

– Votre Excellence, dis-je, nous avons bien écouté votre discours.

– Il faut dire Sire, quand tu t'adresses au Roi, coupa sèchement le Gouverneur général.

– Sire, je vais devoir répéter les mêmes propos que ceux adressés au Ministre des Colonies. En tant que chefs coutumiers, le pouvoir ancestral nous revient en effet. Mais nous évoluons maintenant dans un monde différent. Les Belges disent qu'ils sont venus au Congo pour nous civiliser, pour nous apprendre à travailler, à penser, à manger et à nous habiller comme eux. Ultimement, c'est à nos enfants qu'ils enseignent cela en leur inculquant votre mode de vie. Les évolués vivent dans votre monde et ils vous connaissent bien. Ils sont devenus comme nos pères. Ils nous conseillent et nous leur faisons confiance, car nous savons qu'ils ne peuvent pas nous tromper. C'est ainsi, Sire, que nous sommes d'accord avec eux et que nous nous alignons derrière leur décision pour réclamer, comme eux, l'indépendance immédiate et inconditionnelle.

Quel tonnerre ! Des applaudissements nourris crépitèrent dans la salle et à l'extérieur. Il convient de signaler que c'était la première fois qu'une personne noire prenait la parole aussi ouvertement devant le Roi des Belges.

Lorsque le calme revint, le monarque demanda :

— Y a-t-il d'autres intervenants ?

Joseph Kasende, un autre chef du Kwilu se leva. Il bégayait fortement, déclara à son tour :

— Sire, je viens appuyer les propos de mon collègue du Kwilu: nous sommes tous pour l'indépendance immédiate et inconditionnelle.

D'autres applaudissements tout aussi nourris. Ce fut la seconde et dernière intervention. Le roi comprit qu'il était inutile de poursuivre la séance et conclut :

— Très bien, nous allons vous donner votre indépendance.

Ce jour-là, le Congo avait arraché la décision royale de son droit à l'indépendance.

La séance fut levée. Je me tins au seuil de la salle, guettant le passage du roi pour solliciter une photo souvenir avec lui. Dès qu'il approcha, je l'abordai :

— Sire, accepteriez-vous de poser pour la postérité ?

— Très bien, très bien, très bien, répéta-t-il.

Ces photos que je lègue à ma postérité marqueront à jamais d'un sceau historique le jour où l'histoire du Congo avait pris un tournant irréversible. En effet, l'indépendance avait été acquise ce jour-là.

L'euphorie était générale et l'allégresse totale. Tout le monde se félicitait. Nous nous sommes rendus au bureau du Président Kasa-Vubu. Quelqu'un suggéra :

— N'y a-t-il pas moyen de consigner cet événement par écrit ?

Kasa-Vubu lui répondit:

– Je vous attendais pour le faire. Il faut écrire un article à remettre à tous les journaux.

Les journaux de l'époque étaient : *l'Avenir colonial, le Courrier d'Afrique*, tous deux, dirigés par des Belges, *La Présence congolaise* de Ngalula et Joseph Mbungu ainsi que le Journal « *Congo* ».

Le secrétaire de Kasa-Vubu, Joseph Kasende et moi rédigeâmes une déclaration résumant la rencontre avec le Roi Baudoin. Le document dactylographié fut déposé au bureau de chaque journal.

Comme il fallait s'y attendre, seuls les journaux congolais le publièrent. Après cette audience, les chefs coutumiers retournèrent dans leurs districts respectifs et le Roi rentra en Belgique. Il remit son rapport au Parlement belge. L'idée d'une Table-Ronde politique germa en décembre 1959 et se concrétisa en janvier 1960.

****

La Table-Ronde de Bruxelles

Il fut décidé que seuls les chefs des partis politiques déjà existants pouvaient participer à la Table-Ronde de Bruxelles. Chaque délégation devait être composée des membres du comité du parti incluant un chef coutumier. En ce qui concerne le Parti Solidaire Africain, notre délégation comprenait Cléophas Kamitatu, Président provincial, en lieu et place d'Antoine Gizenga, Président général, en voyage à l'étranger, ainsi que Kama Sylvain, Justin Matiti et Valentin Lubuma. Le Parti décida que je participerais comme chef coutumier. Et, évidemment, les deux gouverneurs, général et provincial, s'opposèrent sous prétexte que ma position était des plus ambiguës :

– Il est tantôt chef coutumier et maintenant politicien pour aller à la Table Ronde. Il est hors de question que Kimpiobi se rende en Belgique.

Habitué à cette réaction épidermique des autorités coloniales, le Parti répliqua :

– Nous avons désigné le Chef de Centre Kimpiobi parce qu'il connaît très bien ce dossier. Mais, puisque vous refusez sa présence, sachez que notre délégation partira à Bruxelles sans chef coutumier.

Et il en fut ainsi. Lors du contrôle des délégations à Bruxelles, l'absence du chef coutumier du Kwilu fut remarquée et expliquée. Un télégramme arriva au bureau du Gouverneur général qui le transmit au Gouverneur de Province. À son tour, ce dernier l'expédia au Commissaire de District.

Le contenu du télégramme était un ordre clair : « *Envoyez d'urgence le Chef Coutumier de la délégation du Parti solidaire africain* ».

Le lendemain de grand matin, Monsieur Simons, le Commissaire de district en personne se présenta à mon domicile. Sa présence attira aussitôt des curieux. Il était très rare de voir le Commissaire de District à la cité indigène. La conversation fut brève:

– Prépare-toi, tu dois aller à Bruxelles

– Merci.

Trente minutes plus tard, Germain, le chauffeur du Commissaire de District, vint me chercher pour me conduire à l'aéroport de Kikwit où l'avion en partance pour la Capitale avait retardé son décollage pour m'attendre.

À Léopoldville, le Secrétaire Permanent du Bureau de notre Parti, Vincent Mbwakiem, m'assista dans les démarches de voyage. Le soir, en compagnie de Christian Mafuta et Valère Nzamba, je prenais le vol du DC4 pour Bruxelles, via Kano, au Nigéria, et Rome.

Informés de notre arrivée, les collègues du Parti se trouvant déjà à Bruxelles vinrent nous accueillir à l'aéroport.

Au départ de Léopoldville, les délégations avaient voyagé en ordre dispersé, chaque Parti s'étant organisé à sa manière. Une fois à Bruxelles, nous avions été abordés par quelques étudiants congolais, parmi lesquels Marcel Lihau et Thomas Kanza.

Ces derniers nous ont vivement recommandé de nous rassembler pour définir nos positions et d'harmoniser nos points de vue.

Il était important d'aller à l'essentiel et de façon concertée, au risque de retourner au Congo avec un échec. Ils attirèrent notre attention sur le fait que les Belges s'étaient organisés et préparés pour ne pas donner l'Indépendance au Congo. En cas de mésentente entre les délégués congolais, les Belges exploiteront la situation pour nous diviser davantage, et trouver ainsi une raison de ne pas nous accorder l'Indépendance.

Les deux étudiants insistèrent :

− Entendez-vous et mettez de côté toutes vos discussions du Congo. Lorsque vous apparaitrez à la Conférence comme un seul homme, parlant le même langage, vous les découragerez dès le premier jour. Autrement, croyez-nous, ce sera le fiasco et l'échec total.

Cette recommandation de nos jeunes étudiants avait été comprise et suivie par toutes les délégations de Léopoldville.

Durant la Conférence, plusieurs cartels s'étaient créés. Ce qui avait également facilité le travail des délégations congolaises. Il y avait notamment le cartel Abako qui comprenait les partis suivants: l'Abako, le PSA, le Céréa, le Balubakat de Sendwe.

L'Abako était représenté par Kasa-Vubu, le PSA par Kamitatu, le Céréa par Weregemere et les Balubakat par Jason Sendwe.

Le second groupe, le PNP, sarcastiquement appelé « *Parti des Nègres Payés* », était conduit par Bolia Paul et Delvaux Albert. Comme leaders à la tête des groupes, il y avait Likonzapa, Hubert Sangara et Marcel Bayinz. Enfin, le groupe PUNA faisait un peu cavalier seul et ne voulait se présenter ni avec les nationalistes, bien qu'il s'en réclamait, ni le PNP.

La différence entre ces groupes était que les uns militaient pour l'indépendance immédiate et inconditionnelle, et les autres pour l'indépendance de coopération, une indépendance proche de celle proposée par Monsieur Van Bilsen, c'est-à-dire étalée sur trente ans. Toutes les composantes étaient pour l'indépendance immédiate, excepté le PNP.

Les chefs coutumiers avaient aussi formé un cartel. Cependant, celui-ci ne possédait aucune véritable force, étant donné que les chefs coutumiers étaient nommés par les partis. De ce fait, chacun dépendait de son regroupement politique. Par ailleurs, il faut signaler que les chefs coutumiers n'étaient pas pour l'indépendance immédiate. Ils bénéficiaient des égards des Blancs. Toutefois, comme leurs partis étaient nationalistes, ils étaient contraints de suivre leurs leaders.

Les assises de Bruxelles se tenaient au Palais royal. Avant de s'y rendre, les Congolais s'étaient concertés sur la situation de Monsieur Patrice Émery Lumumba. La rencontre déboucha sur une déclaration commune qui fut lue par Monsieur Kasa-Vubu à la première plénière :
« *Nous, membres de la communauté congolaise, signalons l'absence d'une personnalité de taille, qui ne peut pas manquer ce rendez-vous. Par conséquent, nous refusons d'assister à cette Conférence aussi longtemps que Monsieur Patrice Lumumba ne sera pas présent.* »

Nous avions convenu que la délégation quitterait immédiatement la séance après l'énoncé de la déclaration. Les choses s'étaient déroulées comme prévu. Nous étions restés debout durant la déclaration, contraignant, de la sorte, le président de la séance à lever les assises. Puis, nous avions quitté la salle en promettant de revenir : « *lorsque Monsieur Lumumba sera présent* ».

La stratégie fonctionna. Le Gouvernement belge entreprit aussitôt les démarches nécessaires. Le lendemain, Lumumba fut libéré de la prison de Stanleyville où il croupissait et rejoignit la délégation à Bruxelles. La Conférence reprit aussitôt son cours normal. Quelques jours plus tard, le Président Kasa-Vubu fit une requête qui ne fut pas satisfaite. En guise de protestation, il décida de quitter la Conférence ce jour-là. En rentrant récupérer mon macaron oublié dans la chambre, je le croisai dans le hall de l'hôtel.

Devant ma surprise évidente, il dit :

– Je m'apprêtais à vous rejoindre.

En réalité, il avait décidé de boycotter la Conférence. Il partit plutôt à la gare pour prendre le train de Paris.

Finalement, M. Kasa-Vubu se retrouva à Liège au lieu de Paris avant de regagner Bruxelles. Il annonça son intention de tenir une conférence de presse. Plusieurs personnes s'étaient déplacées pour y assister. Malheureusement, une mauvaise coordination de l'événement créa la confusion. Pendant que les journalistes et le public venus l'écouter attendaient dans le hall de l'hôtel, Monsieur Kasa-Vubu faisait sa conférence de presse dans une autre salle, à l'étage. Les personnes ayant manqué la conférence, car ils l'attendaient au rez-de-chaussée, parmi lesquels Monsieur Daniel Kanza, appelé papa Kanza, furent très frustrés et déçus.

Durant la période où Monsieur Kasa-Vubu boudait les réunions, l'Abako était représenté par papa Kanza, qui n'appréciait ni n'approuvait les agissements de Kasa-Vubu; ce qui contribua à tiédir leurs relations. À propos de l'Abako, les rumeurs selon lesquelles ce parti voulait l'indépendance du Bas-Congo étaient de la pure invention. J'avais beaucoup d'amis et connaissances Bakongo, notamment Muanda Vital, qui était un libre penseur et une voix très écoutée de sa province. À aucun moment il n'a manifesté une quelconque tendance sécessionniste.

De plus, il convient de rappeler que les Belges envisageaient d'accorder l'indépendance progressivement en commençant par le Bas-Congo, avant de procéder avec la province de Léopoldville. Telle était l'intention des Belges qui voulaient sortir les Bakongo du reste du Congo. Cette province était la mieux organisée, et le niveau de vie des ressortissants était plus élevé que dans le reste du pays. L'enseignement ainsi que la formation des ressources humaines y étaient suffisamment avancés. Cette information peut être vérifiée dans certains livres ou documents.

Un jour, un message des plus inattendus parvint à notre délégation :

« *Le Président général du Parti solidaire Africain, Monsieur Antoine Gizenga a quitté Moscou pour Conakry en Guinée. Il souhaitait rejoindre Bruxelles pour participer à la Table-Ronde. Malheureusement, l'Ambassade de Belgique à Conakry a refusé de lui accorder le visa sous prétexte que Monsieur Gizenga est un communiste. Comme il tient absolument à venir en Europe, il a pris un nom d'emprunt. Pour la circonstance, il s'appelle Summa Antoine, ce qui lui a permis d'obtenir le visa pour la France. Il est actuellement à Paris et il a fait savoir à Monsieur Kamitatu Cléophas qu'il souhaite rencontrer notre délégation.* ».

Après une rapide concertation, la délégation du parti au grand complet se rendit à Paris. Monsieur Gizenga nous attendait à son hôtel ; il était accompagné d'une femme algérienne. À la réception, Monsieur Kamitatu donna machinalement le nom de Gizenga au lieu de Summa. Après vérification du registre, le réceptionniste secoua la tête :

– Je suis désolé, mais nous n'avons pas de Monsieur Antoine Gizenga.

Kamitatu insista :

– Vous devez certainement avoir un client du nom d'Antoine Gizenga qui est arrivé de Conakry.

Le réceptionniste répondit :

– Non, le seul client noir arrivé à l'hôtel et qui vient de Conakry se nomme Summa Antoine.

Se souvenant enfin du nom d'emprunt de Gizenga, Kamitatu s'écria :

– C'est bien de lui qu'il s'agit, Monsieur Summa Antoine.

– Ce monsieur est bien ici, dit le réceptionniste.

En entrant dans la chambre de Monsieur Gizenga, Kama Sylvain plaisanta :

– Président, depuis quand vous appelez-vous Summa ? Nous avons failli rentrer bredouilles à Bruxelles ! À la réception, nous cherchions un illustre inconnu à cet hôtel du nom de Gizenga !

Tout le monde rit de la plaisanterie.

Notre délégation fit le compte-rendu des travaux de Bruxelles. Au cours du souper, Monsieur Gizenga nous présenta à son tour le rapport de son voyage à Moscou. Il mentionna les noms des personnalités moscovites et les grandes figures africaines de l'époque notamment, Sékou Touré et Modibo Keïta qu'il avait rencontrés. Ensuite, il nous exhorta à travailler avec un esprit d'équipe. Il ajouta des recommandations encourageantes pour continuer notre travail à la Table- Ronde.

– La victoire est proche, l'indépendance est maintenant à notre portée, conclut-il.

Du côté congolais, les personnalités les plus marquantes durant la Conférence de la Table ronde furent indéniablement : Patrice Émery Lumumba, Joseph Kasa-Vubu, Daniel Kanza, Cléophas Kamitatu, Bolikango, Albert Kalonji, et tant d'autres dont les noms m'échappent. Le groupe du PNP était déjà acquis à la cause des Belges. Mais il était minoritaire. Par exemple, dans la Province de Léopoldville, qui était totalement nationaliste, le groupe PNP, aile Delvaux peinait à percer avec son parti des Bayaka.

Nous reprîmes le train de Bruxelles le lendemain matin. Monsieur Gizenga demeura à Paris. À l'issue de la Table-Ronde, nous nous étions organisés pour notre retour au Congo. La population de Léopoldville nous avait accueilli par des acclamations triomphales sur tout le parcours. Je me souviens encore des propos devenus célèbres de Monsieur Jean Bolikango, le Président du Parti PUNA. S'adressant à ses militants qui lui demandaient :

– Wapi yango, wapi yango, Indépendance wapi yango ?[3]

Il leur répondait en désignant sa poche :

– Ezali awa na libenga na ngayi. Indépendance ezali na libenga na ngai. Nabimisa?[4]

Ses militants répondaient à l'unisson :

– Te, kobimisa te[5].

C'était des moments d'immense joie collective et d'euphorie nationale. Notre délégation avait séjourné quelques jours à Léopoldville avant de poursuivre son voyage au Kwilu.

À Kikwit, l'accueil fut populaire et également triomphal. Une foule compacte jalonnait la grande route jusqu'au stade où un rassemblement d'explications à la population. En effet, d'une part il était indispensable de résumer les grandes lignes des travaux de Bruxelles, d'expliquer l'accueil et le comportement des Belges à notre endroit et de raconter comment nous avons réussi à arracher l'indépendance. La population nous écoutait attentivement, friande de tous les détails. D'autre part, il

---

[3] Où est l'indépendance ?
[4] C'est dans ma poche : voulez-vous la voir ?
[5] Non, ne la sortez pas !

était impératif de prévenir notre peuple sur les difficultés à venir ; elle devait comprendre que l'indépendance n'était pas synonyme d'anarchie, de désordres et de désobéissance civile. Cette grande rencontre était l'occasion de tempérer les déclarations musclées de la campagne électorale.

Beaucoup de déclarations et de promesses avaient été faites et interprétées de diverses façons. À présent, il fallait affronter la réalité et revenir à la compréhension et au respect de la loi.

C'était le meeting de clarification.

****

Les préparatifs de l'Indépendance.

Le pays vivait dans l'attente fébrile des retombées de la Table-Ronde, particulièrement des préparatifs de l'Indépendance.

Mise en place des institutions républicaines.

Le 17 juin 1960, Monsieur Gransoff Vander Meuch, Ministre belge sans portefeuille, eut la mission de mettre en place les affaires générales précédant la déclaration de l'Indépendance. Il s'agissait notamment des institutions de la nouvelle République du Congo ainsi que de la restauration de l'autorité de l'État, bafouée depuis les événements ayant émaillé la revendication de l'Indépendance. Il lui incombait également la charge de superviser les élections de 1960 devant conduire à l'Indépendance.

Les premières élections législatives

Au mois d'avril, j'étais toujours Chef du Centre extra-coutumier de Kikwit. À ce titre, j'ai reçu une délégation de l'ABAZI (Alliance des Bayanzi) venue de Léopoldville et conduite par Midu Gaston. Sa fonction de speaker en Kikongo à la radio nationale l'avait rendu populaire. Les fondateurs de l'ABAZI étaient Messieurs Midu Gaston, Mbweni Wenceslas, Olémi Maurice et Arthur Mayamba. Ce dernier en assurait la présidence.

Ils venaient pour m'informer des conclusions relatives à leurs récents contacts avec le Président de l'ABAKO, Monsieur Kasa-Vubu, qui leur avait conseillé de créer un parti politique.

Midu prit la parole :

– Le Président Kasa-Vubu estime que le groupe Bayanzi ayant une grande population, devrait, de ce fait, se détacher du PSA et créer son propre parti politique.

Ma réponse fut :

– L'idée en soi est très bonne. Cependant, nous sommes à un mois des élections. Créer un parti politique maintenant n'est pas raisonnable. Comment parviendrions-nous à l'installer en si peu de temps ? Nous risquons de perdre les élections. De plus, comme vous le savez, nous nous sommes beaucoup investis dans le Parti Solidaire Africain depuis sa création jusqu'à son implantation au Kwilu.

Je fis une petite pause avant de poursuivre.

– Voici mon conseil : allons aux élections pour nous assurer un certain nombre de députés. Nous pourrons créer notre parti politique avant d'aller au Parlement où nous aurons déjà nos représentants.

C'est sur cette sage décision, bien comprise de tous, que l'entretien s'était terminé. Mais, une fois hors de mon bureau, le groupe courut implanter l'ABAZI dans les fiefs yanzi ! Ce qui me contraria profondément.

Par ailleurs, les membres du Parti Solidaire Africain me mirent en garde sur le risque que cette nouvelle situation représentait pour moi. En effet, l'ABAZI s'installait chez les Yansi, c'est-à-dire dans mon fief électoral. Il me fallait réagir sans tarder. Je constituai rapidement une délégation pour parcourir toutes les collectivités des Yansi pour dissuader la population d'adhérer à l'ABAZI. Ce fut un véritable marathon sans répit. Mon message fut suivi par la population. L'ABAZI n'eut que Monsieur Ntonda Gérard comme député national. Par la suite, Messieurs Mbweni et Kibung Antoine devinrent les deux principaux députés élus de l'ABAZI.

Le Parti Solidaire Africain eut douze députés, notamment Kamitatu, Iba Ambroise, Christian Mafuta, Joseph Kasende, Gizenga Antoine et moi-même. À l'issue des élections, le Kwilu obtint finalement treize députés, en incluant Ntonda Gérard de l'ABAZI.

La campagne électorale avait été facilitée par les résultats des travaux préparatoires de l'Indépendance. La tournée effectuée dans les collectivités au retour de la Table-Ronde de Bruxelles avait servi d'arguments convaincants. Ma première destination fut la collectivité de Nkara d'où je suis originaire, suivie de celle de Duè. Je rencontrai les chefs des groupements et saisissai l'occasion pour leur faire part de ma présence parmi les délégués partis à Bruxelles pour réclamer l'Indépendance chez les Belges.

La nouvelle était bien accueillie.

Dorénavant, tout le monde savait que j'avais participé à la Table-Ronde. Mon discours était bien rodé :

— Nous avons été à la Table-Ronde et nous avons arraché l'Indépendance. Maintenant, c'est à vous de choisir, parmi les candidats, les personnes qui doivent aller vous représenter au Parlement.

À l'issue des élections, cinq yanzi furent élus : Iba Ambroise, Masena Joachin, Matiti Justin, Ntonda Gérard et moi- même.

Mon premier séjour parlementaire à Kinshasa

Le premier jour de mon arrivée à Léopoldville en tant que député, j'ai logé chez mon ami Kama Sylvain. Le lendemain, j'ai déménagé chez Sébastien Balongi où j'ai passé le reste de mon séjour jusqu'à l'installation de toutes les institutions de la jeune République du Congo.

Dès le départ, l'ABAKO et le Parti Solidaire Africain s'étaient réunis chez Sébastien Mutondo pour conclure des accords de collaboration. Notre parti, le PSA, étant majoritaire, nous avions convenu qu'il prendrait le gouvernorat provincial et que la présidence de l'Assemblée Provinciale reviendrait à l'ABAKO. Dans cet accord, nous avions également convenu que Monsieur Gizenga serait le Gouverneur provincial et Kamitatu désigné comme Ministre du Gouvernement Lumumba. Cette concertation avait duré toute la nuit, jusqu'à cinq heures du matin. À peine de retour chez mon ami, quelqu'un toquait à la porte. Il était 5h30. C'était Mukasa Honoré, l'homme de main de M. Kamitatu. Il était porteur d'un message de son chef :

— Je suis envoyé pour vous avertir, ainsi que Monsieur Sébastien Balongi, que les choses ont changé après votre départ. Ce n'est plus Monsieur Gizenga qui est Gouverneur provincial, mais Monsieur Kamitatu.

Une onde de colère me submergea :

— Comment ? Qui a décidé ce changement ? Nous avons discuté toute la nuit sur ce sujet et trente minutes après notre départ, tu viens nous annoncer qu'ils ont tout changé ? Tout ceci commence très mal. Va leur dire que je ne viendrai pas.

Je n'y suis pas allé. L'agitation de Kamitatu ne date pas d'aujourd'hui. Passant outre les accords et les ententes entre les partenaires, Kamitatu était parvenu à se faire élire Gouverneur, battant Gizenga à plate couture. Cet incident sonna le début de la discorde entre les deux hommes. Par ailleurs, Diomi de l'ABAKO qui était pressenti comme le président de l'Assemblée provinciale, ne fut pas élu à ce poste, mais ce fut plutôt Paul Kakwala, le Second Vice-président du Parti Solidaire Africain (PSA). La colère tonna dans les rangs des ressortissants du Bas-Congo contre ceux du Kwilu. Une profonde mésentente lézarda les relations entre les deux groupes politiques durant la première mandature du pays. La cause : Kamitatu.

Compte tenu de ces circonstances irrégulières, notre parti proposa Gizenga, à la place de Kamitatu, lors de la formation du Gouvernement central par Lumumba. Toujours froissé par l'affront, Gizenga demanda que Kamitatu soit chassé du parti. Malheureusement pour lui, et malgré sa position de Président général du Parti, Kamitatu était le plus influent du parti. Avec ce désaccord, Kamitatu avait réussi à scinder le parti en deux ailes : l'aile Gizenga et l'aile Kamitatu. J'étais Premier Vice-président et Kimvay, Deuxième Vice-président de l'aile Kamitatu.

Pour former le gouvernement provincial de Kamitatu, les ressortissants du Bas-Congo, du Kwilu, du Maï-Ndombe et des trois autres districts s'étaient réunis en vue de conclure une entente de collaboration.

****

Le tout premier Parlement congolais

Le Parlement était composé du Bureau du Parlement, de la Chambre des Représentants et du Sénat. Monsieur Kasongo Joseph fut élu comme le premier Président de la Chambre des Représentants, Mulundu Louis comme Premier Vice-président et Mudiburho Joseph en tant que deuxième Vice-Président. Au Sénat, Iléo Joseph était élu Président.

Le PSA avait obtenu un poste au Secrétariat du Bureau de la Chambre des Représentants. Monsieur Iba Ambroise en était le Secrétaire Parlementaire, et un poste au Secrétariat du bureau du Sénat où Monsieur Matiti Justin assumait la charge de Secrétaire.

Personnellement, je ne briguais ni n'ambitionnais aucun poste politique.

Le tout premier Gouvernement congolais

Après la formation du Parlement, ce fut le tour du Gouvernement. Monsieur Gansoff désigna Kasa-Vubu pour former le Gouvernement, mais ce dernier n'y parvint pas. C'était stratégique. Kasa-Vubu observait la mise en garde de ses conseillers.

Il avait compris que comme formateur du gouvernement, il devenait Premier ministre et perdait toute possibilité d'accéder à la Présidence de la République qui, dans ce cas, reviendrait à Lumumba. Il démissionna du poste et fut remplacé par Lumumba.

Entretemps, il y eut beaucoup de tractations au niveau du groupe pro-belge étant donné que Lumumba était étiqueté de communiste par l'Occident. Cependant, nous, les membres du groupe nationaliste, n'avions jamais cru à cette réputation abusivement collée à Lumumba. Nous savions et comprenions clairement ce qu'il faisait et ce qu'il souhaitait pour son pays, le Congo.

Nous le suivions et étions présents dans toutes ses actions. C'était clair pour nous que Lumumba était un nationaliste convaincu. Cette conviction était également partagée par le groupe Kalonji Albert, Delvaux, Iléo, Adoula. Malheureusement, ceux-ci agissaient à l'inverse de leur conviction. En effet, ils ne cessaient de présenter Lumumba comme un communiste pour s'aligner derrière leurs maîtres belges et appuyer la thèse de l'Occident qui tenait à discréditer Lumumba. Aucun effort n'était ménagé pour faire en sorte qu'il soit considéré comme un communiste. Mon opinion est qu'ils agissaient ainsi pour deux raisons, la jalousie et la corruption par l'Occident. Monsieur Albert Kalonji Ditunga avait finalement réussi à faire passer Lumumba pour un communiste.

Le temps nous a donné raison : Lumumba avait été accusé à tort d'être communiste. Il était un visionnaire voyant plus loin que ses contemporains. Il était trop en avance sur son temps et même sur ses adversaires. Les ambitieux et ses redoutables adversaires étaient, entre autres, Kalonji, Iléo, Adoula et Delvaux qui étaient de grands alliés des Belges. Il y avait également Bomboko et Nendaka. Ce dernier a échoué dans sa tentative de créer une aile MNC Nendaka.

Pour tous ces individus, la popularité de Lumumba était mal vécue. Elle suscitait de la jalousie au sein de cette classe politique qui n'hésita pas de l'accuser de tous les maux et de le qualifier de communiste le jetant ainsi en pâture aux Belges, aux Anglais et aux Français qui n'attendaient que cette occasion.

Néanmoins, Lumumba fut nommé comme formateur du Gouvernement. Sans vouloir jeter le discrédit sur qui que ce soit, les parlementaires de cette première législature n'avaient pas les capacités requises pour appréhender les débats politiques; c'était le cas pour pratiquement 70% de députés venant de l'intérieur. Ils n'étaient là que pour voter. Pendant ce temps, le petit noyau du groupe Kalonji et ses alliés monopolisaient la tribune avec de longues diatribes.

Le spectre de la colonie pesait lourdement sur certains députés, principalement sur les leaders influents des partis politiques. Ils étaient conscients et savaient ce qu'ils faisaient.

Ces pratiques se poursuivent de nos jours au parlement et au « Haut conseil de la République-Parlement de Transition ». Les gens suivent le profit.

Monsieur Gransoff Vander Meuch devait également inciter le parlement à faire confiance au gouvernement formé par Lumumba. Ce fut chose faite le 24 juin 1960.

L'élection du Président de la République

Le scénario prévoyait trois candidats, en l'occurrence, Kasa-Vubu, Bolikango et Lumumba. Mais la donne avait changé puisque ce dernier avait accepté de former le gouvernement, alors qu'à la connaissance de tous, il nourrissait l'ambition de devenir le président de la République.

Aux élections présidentielles du 27 juin 1960, Kasa-Vubu affronta Bolikango. De l'avis de certaines personnes, les Belges espéraient voir Bolikango, leur allié, être élu président de la République. Mais ce fut Kasa-Vubu qui l'emporta.

Le 30 juin, jour de l'indépendance

C'était un jour merveilleux. La liesse était générale et collective. La cérémonie s'était déroulée devant le bâtiment administratif, l'actuel bâtiment de la Fonction publique, les travaux de construction du palais de la nation n'étant pas encore achevés. Le Président Kasa-Vubu prononça son discours qui fut suivi de celui du Roi Baudouin. Le programme ne prévoyait pas l'intervention du premier ministre Lumumba. Un fait remarqué par tous fut que Lumumba prenait des notes durant le discours du monarque. À la suite du Roi, il s'improvisa pour prendre la parole. À l'inverse de Kasa-Vubu, qui avait abondé dans des éloges à la colonisation, Lumumba dénonça toutes les humiliations infligées aux Congolais ainsi que les extractions et l'exploitation des ressources naturelles du pays.

Dès lors, l'étiquette de Lumumba communiste se trouva confortée. La cérémonie se clôtura dans la confusion et la déception. Le Roi était contrarié et mécontent. Lumumba fut invité à faire un autre discours pour présenter des excuses. Ce qui fut fait, mais cela ne changea rien dans le chef de ceux qui avaient déjà signé sa chute. Une fois la fête terminée, chacun regagna son fief ; le roi ne décoléra pas et repartit ainsi dans son royaume. L'instabilité commença à s'instaurer dans le pays. Lumumba devait faire face au groupe de Kalonji Albert, Delvaux, Iléo, Adoula, Bomboko, les acolytes des socialistes belges.

Du fonctionnement des institutions républicaines Le Parlement

Après l'installation du Parlement, les commissions furent formées. J'étais dans la Commission politique. C'était en réalité un essai, un tâtonnement. Le Président Kasongo avait essayé tant bien que mal de conduire les débats, très houleux à chaque fois. Je dois dire que les pro-Belges, les PNP, comme nous les surnommions, faisaient en sorte que rien ne puisse fonctionner.

Les groupes parlementaires

Les parlementaires se regroupaient selon leurs affinités linguistiques, leurs appartenances régionales et provinciales.

Au fur et à mesure qu'ils se connaissaient mieux, ils se fréquentaient et établissaient des relations d'amitié.

En ce qui concerne les parlementaires du Kwilu, les deux ailes du Parti Solidaire Africain (Gizenga et Kamitatu) fonctionnaient convenablement. Nous étions adversaires politiques, mais non des ennemis, et gardions nos bonnes relations sociales. Parmi les membres de l'aile Gizenga, il y avait Mulundu Louis, Mukwidi Thomas et Mulele Pierre.

Au cours de mon séjour parlementaire à Kinshasa, j'avais été invité par les vieux bayanzi de l'ABAZI. La rencontre avait eu lieu sur la rue Kalembe-Lembe, chez l'un de mes amis intimes de l'école, Philippe Mudjir.

Vincent Mbwankiem était un Kinois de longue date, il figurait parmi les pères fondateurs du parti ABAZI. Entretemps, il avait quitté le Parti Solidaire Africain, en réaction à des divergences avec les dirigeants du Parti. Mbwankiem avait passé son enfance au Camp militaire Kokolo, chez son oncle. De ce fait, il était un inconnu au Kwilu, particulièrement durant toute la période qui a précédé la tenue de la Table-Ronde. J'avais fait sa connaissance lors de mon bref passage à Léopoldville, avant de prendre le vol pour Bruxelles. Comme dit plus haut, à l'époque, il assumait la charge de secrétaire du Parti Solidaire Africain et s'était occupé des préparatifs du voyage des membres du parti pour Bruxelles. Je l'avais revu à notre retour de Belgique et avant de rentrer à Kikwit.

Nous avions fait plus ample connaissance lors de la formation du Gouvernement. En effet, ce dernier avait une alliance familiale avec Monsieur Lumumba dont la seconde épouse, Madame Pauline, était une parente de Mbwankiem. Cette attache familiale avait concouru à sa nomination au poste de Secrétaire d'État au Gouvernement de Lumumba. Après l'éviction et la mort de Lumumba, Monsieur Mbwakiem laissait entendre qu'il était toujours en contact avec le Président Kasa-Vubu, mais de façon non officielle. Je ne l'ai plus revu jusqu'à la période de la clandestinité des pères fondateurs de l'UDPS. La première séance de travail ayant abouti à la création de l'UDPS avait eu lieu au domicile de Vincent Mbwankiem. Nos relations se sont fortifiées lorsque le parti avait pris de l'élan.

Kamitatu était un ancien séminariste. Il avait travaillé à l'Administration coloniale. Il nous avait rejoints à Kikwit où nous travaillions depuis quelques années déjà. À son arrivée, il avait été affecté au Territoire de Bulungu, dont Kikwit faisait partie, et qui, à l'époque, s'appelait Territoire du Moyen-Kwilu. Le siège du territoire était situé à Kikwit et non à Bulungu. Kamitatu travaillait à la réception du courrier et à l'indicateur. À titre d'exemple, les gens envoyaient de l'argent dans des enveloppes au territoire pour le paiement des documents administratifs.

Après des rumeurs, en lien avec des détournements de fonds des citoyens, Kamitatu fut traduit en justice par les responsables du Territoire, à savoir, l'administrateur du Territoire, son assistant, le comptable et des ressortissants belges. À l'issue du procès, il fut révoqué de l'administration, car, à cette époque, toute condamnation de plus de trois mois entraînait la révocation ipso facto du commis sous-statut de l'administration. Comme dit précédemment, après quelques mois de chômage, je l'avais engagé au titre de secrétaire du Centre Extra-coutumier de Kikwit. C'est ainsi que j'avais fait sa connaissance et lui avais donné l'occasion de faire la politique, étant donné qu'il n'avait aucun engagement envers l'administration coloniale. Le parti l'avait délégué au Congrès d'Élisabethville qui était préparé et organisé par Lumumba. Par ailleurs, le parti comptait de jeunes gens de grande valeur, tel que Leta Norbert, qui fut nommé à la tête de la Province du Kwilu au moment des provincettes.

Mungul Diaka était un ancien du Séminaire de Kinzambi situé près de Kikwit. Quand je travaillais au Secrétariat du District, Mungul se trouvait à Bujumbura avant de venir s'installer au Kivu. De Bujumbura il avait adressé une longue lettre au commissaire de district du Kwilu pour lui faire des propositions. Diaka était un activiste politique dans le Haut-Congo et inconnu au Kwilu au moment où nous avions commencé à faire la politique.

Kimvay était l'un des Vice-Présidents à la création du Parti Solidaire Africain. À la séparation de Kamitatu et Gizenga, il resta avec nous. Par la suite, il occupa le poste de Président lorsque Kamitatu fut nommé Ministre au gouvernement de Cyrille Adoula.

Le Gouvernement

Le Premier ministre Lumumba s'était investi dans son rôle. Il était jeune, certes, mais c'était un homme qui était très au-dessus du niveau général. Il y a lieu de souligner qu'il était intelligent et très éveillé. Nous assistions quelquefois aux débats parlementaires où Lumumba se présentait avec les membres de son Gouvernement comme c'était l'habitude. Les groupes d'Adoula, Bomboko et Iléo, que les Belges avaient formés, le bousculaient avec des questions parfois provocantes. Cependant, Lumumba en sortait toujours victorieux. Il savait leur répondre.

Face à cette force qu'il incarnait, il y avait des personnes orgueilleuses et de mauvaise foi et des mauvais perdants, manipulés de l'extérieur, qui ne juraient que par son terrassement. D'où les incessantes arrestations ordonnées par le chef de la sécurité, Monsieur Nendaka, avec l'accord du chef de l'État.

Le 5 septembre 1960 : révocation de Lumumba

Des exactions étaient perpétrées lors des opérations de reconquête du Sud-Kasaï, première étape de l'offensive de Léopoldville sur le Katanga, par la Force publique, rebaptisée entretemps Armée Nationale Congolaise (ANC). Suite à une instigation des Occidentaux, le Président Kasa-Vubu révoqua le Premier ministre Patrice Lumumba et le remplaça par Joseph Iléo à la tête du Gouvernement congolais. Dans la foulée, il révoqua également le Vice-Premier ministre, Antoine Gizenga.

Le 7 septembre 1960, par 60 voix contre 19, sur un total de 137 députés, la Chambre congolaise des Représentants déclara que la révocation du Premier ministre était annulée. Le Sénat fit la même déclaration le lendemain, par 41 voix contre 2 et 6 abstentions, sur un total de 84 membres.

Fort de ce soutien du Parlement, Patrice Lumumba refusa de se soumettre et destitua à son tour le Président Kasa-Vubu.

****

Le 14 septembre 1960, premier coup d'État du Colonel Mobutu

S'emparant du pouvoir et suspendant les institutions, le Colonel Mobutu maintint Joseph Kasa-Vubu à la tête de l'État, assigna Patrice Lumumba à résidence surveillée et confia le pouvoir à un Collège de Commissaires constitué de jeunes universitaires et dirigé par Justin-Marie Bomboko.

Ce coup d'État incita les partisans et alliés de Patrice Lumumba à se réfugier à Stanleyville où le leader du Parti Solidaire Africain (PSA), Antoine Gizenga, reconstitua un Gouvernement central regroupant un certain nombre de ministres lumumbistes.

Le 27 novembre 1960

Ne se sentant plus en sécurité à Léopoldville, Lumumba s'organisa pour rentrer chez lui à Stanleyville. Il quitta nuitamment sa résidence et partit par la route. Faisant fi de toute prudence, chemin faisant, il tenait des meetings, s'arrêtant pour parler aux populations qui accouraient nombreuses pour le voir et l'entendre.

Arrivé à port Francqui, il traversa la rivière. Malheureusement, sa femme, qui était restée sur l'autre rive fut appréhendée par une escorte de militaires ayant reçu l'ordre d'arrêter le Premier ministre et de le conduire à Luluabourg. Lumumba retraversa pour voler au secours de sa femme.

Il fut arrêté à son tour, conduit à Luluabourg avant d'être transféré à Thysville. Entretemps, des tractations sur son sort étaient menées entre les services de sûreté et Moïse Tshombé qui était déjà entré en sécession.

****

La Mort de Lumumba

De Thysville, Lumumba fut expédié à Elisabethville, en compagnie de Mukamba Jonas. Selon les nouvelles qui nous parvenaient, Lumumba avait transité à Mbuji-Mayi où les Balubas lui vouaient une opposition farouche et hostile. Après un rude passage à tabac à Mbuji-Mayi, il serait arrivé à Élisabethville à demi mort et aurait été assassiné immédiatement.

Le sort des Lumumbistes après la mort de Lumumba

Gizenga était à Stanleyville. Nous avions appris qu'après avoir été informé de la mort de Lumumba, il avait ordonné l'exécution de certains députés et sénateurs traîtres du MNC/Lumumba. Des lumumbistes qualifiés de PNP (Parti des Nègres Payés) furent assassinés pour cause de trahison. Monsieur Fina, un métis, alors Gouverneur de Stanleyville, fut enlevé et conduit à Mbuji-Mayi.

Entretemps, à Léopoldville, c'était la chasse aux nationalistes. Suite aux menaces qu'ils recevaient, des députés pro-Gizenga du Kwilu prirent la poudre d'escampette. Ce fut notamment le cas de Kyungu Gabriel, Mukwidi Thomas, Masena Joachim, Mulundu Louis, Nima Fernand et Kama Sylvain, à ne pas confondre avec Kama Firmin, de l'UDPS qui était son demi-frère du côté paternel.

Monsieur Kimvay et moi étions allés interroger Monsieur Maboti Joseph, le ministre de l'Intérieur, pour savoir si mon ami Kama Sylvain figurait sur la liste des pro-Gizenga recherchés.

Il nous rassura:
- Kama n'est pas sur la liste des personnes visées.

Après la rencontre, nous nous rendîmes directement chez Kama pour lui annoncer la bonne nouvelle :
- Ne vous inquiétez pas, vous n'êtes pas sur la liste des politiciens recherchés.

Le jour même, peu après notre départ, Kama traversait le fleuve Congo pour aller rejoindre les autres gizengistes réfugiés à Brazzaville. La situation était des plus confuses.

Du côté du PSA, aile Kamitatu, nous demeurions des lumumbistes modérés et attachés à Kasa-Vubu.

Pendant ce temps, le Parlement avait été révoqué et beaucoup de députés étaient dispersés. Nous étions dans l'expectative, en attendant que la situation soit décantée.

Le conclave de Lovanium

Un conclave avait été convoqué. Son objectif était de rassembler tous les parlementaires afin qu'ils puissent s'entendre. Il ne fallait évidemment pas compter sur Tshombé qui était en sécession et avait créé son gouvernement. De son côté, Gizenga refusa d'y participer préférant déléguer le Général Lundula. Le Président Kasa-Vubu voulait nommer Gizenga Premier ministre, mais ce dernier n'était pas intéressé.

Après le conclave, le sénateur Adoula fut nommé Premier ministre. Il forma un gouvernement de 40 ministres qui fut vite qualifié de gouvernement éléphantesque. Cela ne dura pas longtemps. Des motions parlementaires quotidiennes réclamaient le remaniement du gouvernement.

Mon élection en qualité de Président de la Chambre des Représentants

Alors que la situation était tendue entre le groupe de Stanleyville et celui de Léopoldville, un remaniement du Bureau de la Chambre des Représentants eut lieu. Notre groupe, celui de la Province de Léopoldville, s'était concerté. Seuls les chefs des partis étaient conviés à la rencontre, notamment Colin Michel, Dericoyart, Massa Jacques, Kamitatu Cléophas et tous les vieux de Léopoldville qui siégeaient au Parlement. La réunion avait pour but de trouver un candidat pour la présidence de la Chambre des Représentants. Chaque chef proposa le nom de son candidat. Ils furent tous refusés au fur et à mesure. Kamitatu présenta ma candidature. Tout le monde tomba d'accord. Le soir même Kamitatu vint m'annoncer la nouvelle :

— Chef (il m'appelait ainsi en référence à mon poste de Chef de Centre Extra-coutumier de Kikwit), vous avez beaucoup de chance. Vous allez passer président de la Chambre des Représentants.

— Est-ce vrai, demandai-je ?

— Mais oui ! Le groupe de Léopoldville s'est réuni et le choix de tout le monde s'est finalement porté sur vous.

Je n'en revenais pas et je m'inquiétais déjà : *« Président de la Chambre des Représentants ! Quelle responsabilité ! Je n'ai jamais eu une telle ambition ! Comment vais-je diriger cette institution ? Je n'ai aucune expérience ! »*.

Le jour des élections, le groupe de Kisangani avait son candidat qui n'était autre que Monsieur Kasongo, le président sortant. Je sortis vainqueur des urnes avec 59 voix contre 51 et 2 abstentions. Je devais m'habituer vite à mon titre de Président de la Chambre des Députés. Je débutai l'apprentissage du métier. Il me fallait tout apprendre.

Les invitations des Parlements des pays amis

Pendant les premières vacances parlementaires, j'ai reçu un grand nombre d'invitations, entre autres, celles des présidents des Assemblées législatives du Portugal, de la France, de la Belgique, d'Israël et de la Chine, Taïwan.

En attendant d'organiser un périple dans ces pays, j'acceptai toutes les invitations.

Au parlement belge

Ma tournée débuta par la Belgique. J'étais accompagné de M. Mavungu Armand, le neveu du Président Kasa-Vubu et qui actait comme mon secrétaire ; de M. Lufulwabo, un député du Kasaï, et d'un autre député originaire de l'Équateur. Durant le vol, je lus le contenu du dossier qui était composé de plusieurs documents, lettres et correspondance pour me mettre au courant des divers sujets qui seraient abordés au cours de ces visites. À Bruxelles, je fus accueilli par le Président de la Chambre des Représentants. Après un petit rafraîchissement à l'hôtel, la délégation se rendit au dîner organisé en mon honneur. Plusieurs personnalités politiques, ainsi que des ambassadeurs de divers pays, y étaient invités.

Le lendemain, j'assistai aux assises de leur Assemblée, convoquée expressément à mon intention. J'eus droit à une séance de bataille rangée entre les parlementaires belges que les policiers parlementaires tentaient d'apaiser. Ce fut une expérience mémorable qui m'inspira l'idée d'avoir aussi une police parlementaire, qui n'existait pas chez nous.

Après la Chambre des Représentants, j'ai aussi assisté à une session au Sénat, avant de rencontrer les journalistes bruxellois venus l'interviewer.

Au parlement allemand

Après quatre jours en Belgique, je suis parti à Bonn. L'ambiance était différente, moins exubérante et peu enthousiaste à cause de la barrière linguistique. Cette visite n'avait rien de comparable avec celle de la Belgique. J'ai visité le Parlement et pris des contacts.

De passage en Suisse

Ensuite, je suis allé à Zurich, où j'ai passé la nuit avant de m'envoler pour Tel-Aviv, en Israël.

Au parlement israélien

Avant mon départ de Léopoldville, Monsieur Alhadeff Maurice, un homme d'affaires juif que je connaissais, m'avait remis un objet d'art en ivoire pour l'offrir en cadeau à mon homologue israélien. Le Secrétaire général du Knesset était venu m'accueillir à l'aéroport et m'avait conduit à Jérusalem où j'avais séjourné pendant deux jours. J'étais logé à l'hôtel King David, qui est proche du mur séparant Israël de la Jordanie.

De ma chambre, j'avais une vue directe sur la Jordanie. En réalité, c'est un seul pays séparé par un mur, comme celui de Berlin.

Le lendemain matin, j'ai été reçu au Parlement et j'ai offert le présent à mon homologue. La réception s'est déroulée dans l'ancien parlement, car le bâtiment actuel du Knesset était encore en construction. Ce cadeau existe toujours au Parlement israélien.

Mon interprète se nommait Halari. À l'issue de cinq visites dans différents ateliers de taille des diamants, je lui ai demandé :

— Où se trouvent vos mines de diamant ?

Il m'a répondu :

— Excellence, Israël n'a pas le moindre caillou. Le diamant qui est taillé ici vient de votre pays.

— Ah bon ?

J'ai gardé un souvenir vivace de la réception organisée en mon honneur chez le Président de la République d'Israël. Pour la circonstance, le président m'avait donné à goûter une manne qu'il gardait précieusement dans une boîte.

Puis, j'ai été décoré et reçu l'insigne de Citoyen d'Honneur de la Ville de Jérusalem. Nous étions rentrés à Tel-Aviv avant d'aller à la découverte des sites touristiques, notamment à Il Mochav, Mochav en Hébreu.

Ce nom désigne une maison ou un village construit par un groupe de personnes qui mènent une vie communautaire fragmentée selon les âges; par exemple, les parents vivent dans une maison, les enfants sont regroupés par tranches d'âge, etc. Une jeune mère a le droit de garder son bébé sept ou quinze jours ou encore un mois. Passé ce délai, l'enfant rejoint ceux de son âge dans leur salle. Des gardiennes et des surveillantes assurent la sécurité des enfants.

Je fus très surpris de découvrir de jeunes filles et de jeunes garçons de seize à dix-sept ans partageant un même dortoir. Voyant mon étonnement, le rabbin m'expliqua : « *Ces filles et garçons se considèrent comme des frères et des sœurs* ».

Je ne pus m'empêcher de penser que si c'était en Afrique, on ramasserait des bébés tous les jours.

Puis, nous nous rendîmes dans un Kibboutz. Le kibboutz est une communauté de personnes regroupées en collectivité et partageant de façon égalitaire les produits de leur travail. Les femmes vivent comme des religieuses. Elles logent dans une grande maison ayant plusieurs chambres austères et sobrement meublée d'un lit et d'une toilette. Les repas sont pris en commun dans la cuisine. Si une femme exprime un besoin, par exemple l'achat d'une robe ou d'une paire de chaussures, c'est toutes les femmes qui recevront chacune une nouvelle robe ou une paire de chaussures.

Après, la visite du Kibboutz Saint Samuel, nous traversâmes le fleuve Jourdain, où Jésus reçut le baptême. J'ai pris un peu d'eau. Puis, le guide nous conduit au site du Sermon sur la Montagne. Une grande stèle recouvre l'endroit. Le guide me demanda :

– Êtes-vous catholique, Excellence ?

– Oui, je suis catholique.

– Pour les catholiques, Jésus avait fait le sermon sur la montagne que vous voyez là, mais, pour nous les Juifs, nous attendons toujours l'arrivée du Messie, car nous ne croyons pas que Jésus soit le Messie.

Le voyage se poursuivit jusqu'à Bethléem où nous visitâmes l'église construite par les Pères Franciscains. Elle est bâtie sur des grottes. Il y a un endroit représentant le lieu où la Sainte Famille avait dormi: Joseph, Marie et l'Enfant Jésus. Il est magnifiquement aménagé avec des représentations des rois mages et des autres personnages de la crèche. Ensuite, nous sommes partis à Canaan visiter les lieux du premier miracle de Jésus: la transformation de l'eau en vin. Une reproduction de marbres ayant servi de mortiers à faire le vin était exposée au sol. Le raisin était pilé dans le mortier, puis pressé. Après avoir admiré l'attirail, nous continuâmes le voyage jusqu'au Lac de Tibériade, site où Jésus fit le miracle de la multiplication des poissons et du pain. Nous avions passé la nuit dans l'hôtel qui surplombe le lac, précisément à l'endroit où Jésus avait marché sur les eaux.

Durant mon bref séjour en Allemagne, j'avais revu un ami avocat, résidant à Düsseldorf; il m'avait recommandé ceci :

« *En Israël, si vous arrivez au Lac de Tibériade et avez l'occasion d'y passer la nuit, allez le soir au lac et observez l'autre rive. Vous apercevrez une petite lumière ; elle symbolise le lieu du village des pêcheurs* ».

J'ai suivi son conseil. L'avocat avait dit vrai.

Le lendemain matin, nous sommes allés visiter les vestiges de la Synagogue de Gethsémani, où Jésus se rendait avec ses disciples pour prier. De l'édifice, il ne reste que le pavement qui est strictement gardé par la police israélienne et pour cause ! Selon une certaine tradition répandue, le visiteur doit tout faire pour ramener un morceau du carreau. Le guide a réussi à m'en trouver une infime particule et nous avons continué notre voyage vers la forteresse proche de la Mer Morte. Ensuite, nous nous rendîmes au Mont Carmel où la secte Bahaï fut créée. Cette visite mettait fin à notre séjour en Israël.

Au parlement indien

Le lendemain de notre retour à Tel-Aviv, nous prîmes le vol de New Delhi. À cette époque, aucun avion venant d'Israël ne pouvait survoler le ciel égyptien.

L'avion fut obligé de contourner ce pays et de faire une escale à Belgrade, où la température était glaciale, avant d'atteindre New Delhi la nuit. Le Secrétaire général du Parlement vint accueillir notre délégation et nous installa dans le luxueux château où nous étions logés.

Le lendemain matin, je découvrais sur le bureau de

ma chambre, le programme ainsi que toutes les invitations aux manifestations prévues à l'agenda de mon séjour. Le premier jour, je devais assister à une séance parlementaire à laquelle Monsieur Nehru, le Premier ministre, participait également.

En Inde, le Parlement pratiquait un système appelé « questions-réponses ». Une fois par mois, ou tous les deux ou trois mois, les membres du Gouvernement, sans exception, se présentaient devant la chambre des représentants pour répondre aux préoccupations des Parlementaires.

Les Parlementaires connaissent les problèmes du pays, chacun dans son ressort, dans sa base comme nous le disons chez nous. Le Gouvernement se doit d'être à l'écoute des problèmes de son peuple, qui sont exprimés par ses représentants.

Les organisateurs de mon voyage avaient fait en sorte que mon séjour coïncide avec cette séance afin que j'y assiste. À cette occasion, un parlementaire communiste avait posé la question suivante au Premier Ministre :

— Monsieur le Premier Ministre, veuillez nous expliquer ce que font les Indiens qui sont incorporés dans les Forces de l'ONU au Congo.

Le Premier Ministre Nehru, qui était bien connu pour son sens de l'humour, rétorqua :

— Messieurs les députés, je viens d'écouter l'agréable question de votre collègue qui veut savoir ce que font nos militaires incorporés dans les Forces de l'ONU au Congo. Eh bien, la réponse est très simple. Nos militaires se trouvant au Congo dans les Forces de l'ONU font exactement ce que font tous les militaires de l'ONU.

Il eut des rires moqueurs d'un côté de la salle et des applaudissements des partisans de l'autre !

Cet épisode m'inspira également l'idée d'innover notre système parlementaire de cette manière-là.

Ensuite, nous avions assisté à la séance du Sénat où une femme était la Première Vice-présidente. Plusieurs grandes réceptions avaient été organisées en mon honneur notamment par les Présidents de l'Assemblée nationale et du Sénat ensemble, suivie par celle du Président de la République. La résidence du Président était très coquette. L'Inde est un pays de contrastes !

La classe dirigeante d'un côté et la masse populaire de l'autre. Il n'y avait pas de classe moyenne. Le Président m'avait réservé un accueil très chaleureux. J'avais beaucoup regretté que la barrière linguistique ait tant limité nos échanges.

Il voulut connaître mon impression sur son pays et me demanda :

— Comment trouvez-vous l'Inde, comparative-ment à votre pays ? Êtes-vous satisfait de votre visite ? Quel est votre programme ?

— Monsieur le Président, je suis heureux de découvrir votre pays ; mon programme prévoit la visite du Taj Mahal, je ne sais pas ce que c'est.

— Le Taj Mahal est un site très attrayant. En cours de route, vous passerez par le village où est né le prophète Bouddha.

Puis, passant sans transition à un autre sujet, il demanda :

— Monsieur le président, comment vont nos militaires au Congo ?

– Ils sont courageux et ils figurent parmi les militaires qui mènent de bonnes actions sur le terrain. Ils sont postés dans des coins stratégiques.

Dans ma délégation, il y avait Monsieur Brown, un sujet autrichien. Il était mon conseiller écologique ; il me suivait partout. Un soir, alors que nous venions de sortir d'un dîner officiel sans une goutte d'alcool ni boisson sucrée, rien que de l'eau plate, il me dit :

– Monsieur le Président, quel bon dîner, mais il était mouillé.

– Comment mouillé ?

– Même pas un coca, rien que de l'eau ! Chez nous, en Autriche, nous appelons ça un dîner mouillé.

Nous avions éclaté de rire.

Le Premier Ministre Nehru qui avait, au départ, déclaré ne voir aucun intérêt dans ma visite était à présent embarrassé et cherchait à rattraper sa maladresse. Le soir, il envoya son secrétaire particulier à l'hôtel où je logeais avec mon interprète indien qui s'appelait M. Shing. Ce dernier me présenta le secrétaire particulier du Premier Ministre comme un ami intime qui souhaitait me saluer.

Le lendemain matin, Shing finit par m'avouer :

– Excellence, l'ami que je vous ai présenté hier est, en réalité, le Secrétaire privé du Premier Ministre Nehru. Ce dernier ne souhaitait pas vous recevoir, mais, à présent, il a changé d'avis. C'est ainsi qu'il a envoyé son Secrétaire particulier pour une première impression. Après son contact avec vous et avant de me quitter, il m'a dit : « *Le Premier Ministre Nehru doit recevoir ce monsieur, sinon l'Inde rate une grande opportunité. Attendez-vous à recevoir bientôt son invitation.* »

Cette information me surprit fortement. Je dis:

— Donc le premier ministre ne voulait pas me recevoir.

— Non, mais il a changé d'avis maintenant.

Lorsque je rencontrai finalement Monsieur Nehru, sa première question fut : Monsieur le Président, qu'est-ce qui vous a le plus intéressé depuis votre arrivée à New Delhi ?

Voulant le provoquer, j'ai répondu :

— Monsieur le Premier Ministre, il y a une chose qui m'a intéressé et intrigué à la fois, c'est de voir beaucoup de personnes sans logis qui dorment dehors.

Il avait un peu rougi avant de répondre avec son humour légendaire :

— Monsieur le Président, je vais vous raconter une petite histoire. Vous savez que l'Inde est un pays surpeuplé. En vertu de ma fonction de Premier Ministre, j'avais décidé de mener une campagne pour la régulation des naissances. Avec le Ministre de la Santé publique, nous avons pris une mesure interdisant les naissances pendant une année. Une fois l'ordonnance publiée, les annonces furent diffusées dans tout le pays. Les deux premiers mois ont été épatants. Tous les hôpitaux rapportaient une diminution du taux de grossesses. Je m'exclamai, j'ai réussi ! Malheureusement, tout a basculé le troisième mois ; nous avons enregistré le double du chiffre précédent.

Nous éclatâmes de rire.

Cette visite fut suivie par celles des ministres de la Santé et de la Défense Nationale. Ce dernier était un homme de grande envergure et le successeur pressenti de Nehru.

Le lendemain, nous avions entamé le long trajet du Taj Mahal. J'avais remarqué que les Hindous sont foncièrement traditionalistes. Leurs villages ressemblaient aux nôtres, mais leurs habitudes étaient différentes. Par exemple, en Inde, vous croisez, aux coins des rues, des charmeurs de serpents. Au son de la flûte, les cobras sortent du panier en ondulant sous le charme de la musique... Nous avions fait un arrêt à Matora, le village de Bouddha.

La particularité de ce village est que les gens marchaient pieds nus. Il faut obligatoirement se déchausser pour traverser le village. Je me suis conformé à leur tradition.

Le Taj Mahal ! Un mausolée en marbre blanc, construit par un empereur pour enterrer sa femme. À sa mort, l'empereur fut enterré à côté d'elle. L'édifice se trouve au bord de la rivière Yamuna. Dès que vous pénétrez à l'intérieur, l'un des gardiens hurle un son. L'écho de sa voix se fracasse contre les hauts murs et se répercute comme des vagues crénelées s'éloignant en ondes circulaires sur la surface de l'eau. C'est simplement impressionnant !

Ce monument a une grande renommée en Inde. Il fait partie des sept merveilles du monde. Il suffit de dire : « J'ai visité le Taj Mahal » et les gens vous regardent avec admiration. À propos de fleuve, le Gange en est un des plus sales que j'ai pu voir de toute ma vie. Tous les déchets et les cendres humaines y sont déversés. En Inde, les morts ne sont pas enterrés. Ils sont incinérés.

Après cette visite, nous sommes rentrés à New Delhi pour prendre notre vol à destination de Hong-Kong, en Chine Taïwan.

****

Au parlement de Taïwan

C'était la saison des typhons et Hong Kong n'était pas accessible, car un ouragan s'approchait de la ville. Notre avion fut dévié sur Bangkok, puis à Tokyo, en attendant le passage de l'ouragan. Air France nous logea à ses frais, à l'hôtel Nikatsho. Ce détour sur Tokyo nous avait permis de visiter cette immense ville aux architectures impressionnantes. La nuit, la ville était joliment éclairée avec ses avenues et ses salles entièrement illuminées. Ignorant la réalité du transport souterrain, nous nous demandions comment cette immense population se déplaçait, les transports en commun étant invisibles à la surface.

Après le passage du typhon, nous avions poursuivi notre périple à Hong Kong où la délégation dut passer trois jours pour attendre l'avion de commandement du Président Tchang Kaï Chek.

Une petite anecdote : nous nous promenions tranquillement le soir et admirions la beauté de la ville s'éveillant à la vie nocturne, lorsque nous avions soudainement été assaillis par une bande de jeunes. En moins d'une minute, ils nous fouillèrent et vidèrent nos poches avant de détaler en nous laissant ébaubis ! Nous ne nous étions pas méfiés, ils avaient l'apparence des adolescents et nous ne nous attendions pas à une telle rencontre en plein centre-ville.

En 1962, le coût de la vie était peu élevé à Hong Kong et le droit de douane n'existait pas. Avec 1 dollar, j'avais acheté une très belle chemise que je porte encore aujourd'hui.

À Taïwan, le Premier Ministre était venu accueillir la délégation à l'aéroport. Les honneurs qui m'avaient été rendus dans ce pays étaient identiques à ceux réservés à un Chef d'État.

La délégation fut hébergée dans un immeuble très luxueux. Le second jour fut immobilisé par le passage du même typhon. Nous avons reçu des consignes claires. Les habitants des petites maisons étant très exposés, ils devaient être déplacés dans des bâtiments en matériaux durables et dans des bureaux du Gouvernement.

Après le passage de l'ouragan, la ville dénombra plusieurs maisons emportées, un gros paquebot projeté hors des eaux et des pertes en vies humaines, considérant le fait que beaucoup de Chinois dormaient dans des maisons barges.

Le président Tchang Kaï Chek m'accueillit le troisième jour, dans sa maison de campagne. Il ne parlait que le chinois. Toutefois, son épouse s'exprimait bien en anglais.

Il manifesta une grande curiosité pour le jeune et riche Congo qui venait d'accéder à l'indépendance, sur le Président Kasa-Vubu et sur la population congolaise. Les rapports de son ambassadeur au Congo étaient élogieux, il finit par conclure :

— Le Président congolais est un homme très bien, honnête et vertueux. J'espère qu'il fera du Congo un grand pays au cœur de l'Afrique. Selon ce que j'apprends, le peuple congolais est poli et respectueux. C'est ainsi que, lorsque le Président du Parlement m'en a exprimé le souhait, je n'ai pas hésité à vous inviter pour venir visiter notre pays. J'espère que l'amitié entre nos deux pays va grandir. Soyez à l'aise en Chine et sentez-vous comme chez vous. N'hésitez pas à faire part de tout besoin que vous aurez. Je le remerciai courtoisement avant de nous séparer.

Une pratique routière m'avait impressionné. Les chauffeurs chinois klaxonnaient sans répit du matin au soir. Pas besoin d'alarme dans ce pays pour se réveiller : les klaxons faisaient l'affaire. Chez nous, il était indécent de klaxonner parce que, à l'époque, il y avait des feux de signalisation sur les grandes artères. Mon programme prévoyait la visite de la marine chinoise. Nous y avions passé la journée et assisté à plusieurs performances impressionnantes. Puis, la délégation avait été conduite tour à tour dans un atelier de couture et dans une vaste ferme d'extraction de lait de vache.

Nous avions également visité la *ville d'amusement* située à la périphérie de Taïwan. *Ville de divertissement* et aussi le repaire des bandits qui s'y rendaient pour opérer leurs méfaits la nuit et rentraient Taïwan le lendemain matin. Chaque soir les gens allaient pour se divertir, parce que la ville de Taïwan était d'un calme plat dès la tombée de la nuit. J'étais rentré à Hong-Kong et y avais séjourné pendant cinq jours.

Retour à Paris

Le 23 septembre 1962, nous avions repris l'avion pour Paris. Un très long trajet. J'ai retenu la date, car c'était l'anniversaire d'un membre de ma délégation. Il l'avait annoncé à l'équipage, ce qui nous valut quelques bouteilles de champagne pour célébrer l'événement. Deux jours plus tard, je quittai Paris pour Bruxelles afin d'aller accueillir quatre de mes enfants qui arrivaient de Léopoldville.

En effet, Marie-Jeanne, Félicité, Dieudonné et Bénie venaient pour étudier en France.

L'ambassadeur du Congo nous réserva un accueil chaleureux. Puis, je retournai en France pour accompagner les enfants à l'Institut Saint-Charles, situé en plein Paris, où je les avais inscrits.

Visite avortée au parlement portugais

Ce devoir accompli, je suis reparti à Bruxelles pour préparer la prochaine étape : le Portugal. C'est alors que je reçus le télex du Président Kasa-Vubu : « *Monsieur le Président, vous êtes resté longtemps à l'extérieur. Revenez, regagnez le pays* ». J'étais déçu, car j'avais beaucoup d'amis portugais qui souhaitaient me revoir. J'ai interrompu mon voyage et suis rentré à Léopoldville. C'était en novembre 1962.

****

Mes rapports avec les personnalités politiques de la République.

Le Président Kasa-Vubu

À mon retour, je me suis rendu chez le Président Kasa-Vubu. Il était malade et alité. Il avait un pied qui gonflait périodiquement. Il me reçut dans sa chambre. Je m'assis à ses côtés et y restai presque toute la journée. Le président aimait le vin de palme. Nous avions partagé un verre ensemble pendant que je lui faisais le rapport détaillé de mon voyage.

C'est à cette occasion que je lui fis la proposition suivante :

– Monsieur le Président, il faut penser à faire voter une loi pour les anciens Présidents de la République et anciens Présidents des Chambres législatives.

Il me répondit :

– Oui, nous allons y penser.

– Président, il faut y réfléchir sérieusement car l'avenir n'appartient à personne. Par ailleurs, je crois qu'il est temps de penser également à organiser un Parti politique. Les partis actuels sont ceux qui ont été créés pour combattre les colonisateurs. Maintenant que le pays est indépendant, les partis politiques rénovés sont indispensables.

Hélas, le Président Kasa-Vubu ne suivi pas mon conseil et quelques années plus tard, il aurait confié à l'un de ses proches : « *Monsieur* Kimpiobi, *alors Président de l'Assemblée, m'avait suggéré de prendre une mesure qui sécuriserait les anciens présidents. J'aurais dû lui prête plus d'attention* ».

Il n'était plus au pouvoir et se trouvait en relégation à Boma.

En 1966 j'ai écrit un article sur ma proposition relative aux partis politiques qui fut publié par le journal l'Étoile, devenu par la suite Salongo, de Paul Bondo. J'y proposais la création de deux partis politiques à l'instar de l'Europe occidentale.

À l'époque, le Bureau de la Chambre des Représentants était renouvelé à chaque session parlementaire. Après mon élection en 1962, je ne souhaitais pas me représenter, vu le nombre de candidats en lice. Je décidai : « *Je ne me représente plus avec ces ambitieux qui veulent tous devenir présidents. Je ne veux pas être sous l'influence ou la dépendance de qui que ce soit. Je ne veux pas non plus avoir d'ennemis ni de mécontents autour de moi* ».

Kamitatu voulut connaître la raison de mon désistement. Ma réponse fut :

— Vu les ambitions des uns et des autres, nous nous acheminons vers une lutte acharnée. Connaissant mes frères congolais, cette lutte quittera le terrain politique pour virer vers une guerre et une inimitié personnelles, une raison suffisante pour moi de ne pas m'y lancer.

Ayant appris ma décision, le Président Kasa-Vubu me fit venir chez lui et me demanda :

— Pourquoi refusez-vous de vous représenter ?

— Monsieur le Président, il y a déjà suffisamment de candidats. Vous connaissez vos hommes. Je refuse d'avoir les nerfs en boule tous les jours. Je préfère céder la place à un autre.

Je n'oublierai jamais la réponse du Président Kasa-Vubu :

— J'ai toujours souhaité travailler avec vous comme Président de la Chambre des Représentants parce que je trouve que vous êtes un homme équilibré. C'est très dommage.

Il avait de la considération pour moi et c'était réciproque.

Le Premier ministre Cyrille Adoula

Nous entretenions d'excellentes relations, à telle enseigne que, par amitié pour lui, j'ai donné son nom au fils de ma nièce, né sous son mandat.

Originaire de l'Équateur, mais né à Léopoldville,

Cyrille Adoula était bien connu au Bandundu. Il a travaillé à Dima, au siège social de la Compagnie du Kasaï, situé à 16 km de Banningville, actuelle ville de Bandundu. C'était une grande Compagnie venant après les HCB, Les Huileries du Congo-Belge, à l'époque PLZ, Plantations Lever au Zaïre. Monsieur Adoula était un homme très intelligent et un excellent orateur. Il a su s'intégrer et se faire apprécier auprès de la population de Bandundu. De plus, il parlait couramment le Kikongo de chez nous.

Pendant le Conclave de Lovanium, lorsque les parlementaires criaient: « *Adoula, remaniez votre gouvernement, c'est un gouvernement éléphantesque* », Adoula était venu au Bureau du Parlement. Il était exaspéré et m'avait dit en kikongo, je traduis :

– Vos hommes insistent pour que je remanie mon gouvernement, mais je ne suis pas prêt à le faire. Toutefois, s'ils persistent dans cette idée, je vais démissionner et les laisser s'en occuper eux-mêmes.

Ma réponse, également en Kikongo fut:

– Surtout, ne faites pas ça ! Voyons-nous demain pour le remaniement du Gouvernement.

Nous étions si proches qu'ensemble nous avions remanié le premier Gouvernement Adoula, dans mon bureau, au Parlement. J'avais convoqué quelques parlementaires, notamment Leta Norbert, le vieux Dericoy, (Dericoyard de son vrai nom avant l'authenticité et le changement des noms). Nous nous étions enfermés dans mon bureau avec le Premier ministre Adoula et avions débattu du remaniement. Finalement, nous nous en étions bien sortis. Le jour suivant, le Premier ministre remaniait le Gouvernement après l'avoir présenté au Président de la

République et reçu son approbation. Adoula était un homme de principe et de parole. Il ne buvait jamais d'alcool. Pas une seule goutte. Si quelqu'un prétend avoir bu avec Adoula, dites-vous que vous avez affaire à un menteur. Il respectait beaucoup la femme, malgré la déstabilisation morale instituée par la Deuxième République, et le mimétisme pervers qui s'en est suivi.

En novembre 1966, le président Mobutu, qui craignait la présence des personnalités politiques influentes au pays, nomma Cyrille Adoula Ambassadeur du Congo aux États-Unis.

Lorsque je fus réélu à la présidence de l'Assemblée Nationale en janvier 1967, je répondis à l'invitation du gouvernement américain de me rendre aux USA. Sur place, j'ai revu l'Ambassadeur Adoula à Washington. Nous avions longuement échangé, comme deux frères.

Durant toute ma tournée dans les grandes villes des États-Unis, j'étais en contact quotidien avec le Président Mobutu. Il téléphonait tous les jours à 3h du matin. Il s'adressait d'abord à Adoula qui me le passait ensuite. Le président posait invariablement la même question : « Comment ça va? ». C'était la grande période de la zaïrianisation de l'Union Minière du Haut Katanga. Les Occidentaux ne cachaient pas leurs inquiétudes quant à l'avenir de leurs investissements au Zaïre (RDC). La question faisait partie de toutes nos interventions officielles. À la fin de son mandat aux États-Unis, l'Ambassadeur Adoula me rendit visite le troisième jour après son retour à Kinshasa. Nous sommes restés ensemble jusqu'à deux heures du matin. Il me fit quelques confidences, notamment sur le fait que les Américains le pressentaient comme un possible remplaçant du Chef de l'État. J'avais gardé ces secrets jusqu'à sa mort; ma bouche est restée scellée jusqu'à ce jour.

Gizenga

À l'époque, Gizenga était arrêté et écroué sur l'île de Bulambemba. Des nouvelles alarmantes et persistantes faisaient état tantôt de sa santé médiocre, tantôt de sa mort. Pour mettre un terme aux supputations, le Gouvernement décida de dépêcher une délégation parlementaire à l'île de Bulambemba. Je me rappelle qu'avec feu Massa Jacques, et deux autres parlementaires, nous étions allés à la rencontre de Monsieur Gizenga et avions échangé avec lui. Il était détendu, et en bonne santé tant physique que mentale. Isolé sur l'île, le prisonnier était totalement coupé du monde extérieur et dépourvu de radio ni télévision. Il résuma sa situation en ce terme :

– Tout m'échappe.

Avant de nous séparer, Gizenga nous demanda de faire pression sur le Parlement afin qu'il puisse introduire une requête auprès du Gouvernement pour sa libération. Nous prîmes la même petite embarcation jusqu'à Moanda, puis le vol pour Kinshasa où nous communiquâmes notre rapport au Parlement.

Takizala

Originaire du Kwilu, Takizala était membre de l'UDECO et un grand ami de l'ancien Gouverneur Leta Norbert. Ce dernier me l'avait présenté à l'époque où j'étais Haut-Commissaire durant la rébellion de Mulele. Par la suite, Takizala était resté dans mon sillage et nous avions travaillé en étroite collaboration. Durant mon second mandat à la présidence de l'Assemblée Nationale, je l'avais délégué à Kikwit pour suivre les débats provinciaux et m'en faire rapport.

Relations avec les Députés du Bandundu

Gabriel Yungu et moi étions membres du parti PSA et ressortissants du Kwilu. Yungu était un membre très actif. Il figurait parmi les gizengistes ayant fui la répression gouvernementale et sont morts à l'étranger, notamment Thomas Munkwidi et Joachim Maséna, un Yanzi de ma collectivité. Contrairement à Yungu et Mwasiku, morts à l'étranger, Masséna fut, lui, assassiné à Léopoldville.

Du découpage des provinces en provincettes

Mon mandat de 1962 avait été marqué, entre autres, par mes déplacements à l'étranger, la rébellion de Gizenga et la problématique du découpage des provinces en provincettes. À cette époque, tout le monde s'entendait sur le principe du découpage des provinces en vue de faciliter la gouvernance du pays. Le Congo était très vaste. Les provinces également. Il fallait morceler le pays pour en faire des pro- vinces aisément administrables. Cet enjeu récurrent du Congo-Zaïre est revenu aux assises de la Conférence Nationale Souveraine.

Par exemple, la Province du Bandundu était divisée en trois provinces : le Kwango, le Kwilu et le Mayi-Ndombé. Le premier Président du Kwilu était Monsieur Norbert Leta. Nous n'avions pas de relations personnelles, mais nous nous vouions une considération mutuelle. J'étais toujours à la tête de l'Assemblée Nationale.

La concrétisation du découpage des provinces a eu lieu durant l'un de mes voyages. À mon retour, je constatai que le découpage des provinces avait été réalisé, conformément aux propositions et décisions du Parlement.

Je me suis rendu à Kikwit pour saluer le nouveau Gouverneur et rencontrer les responsables des institutions nouvellement mises en place.

Dès son accession à la magistrature suprême, le Président Mobutu s'était farouchement opposé au découpage des provinces. Il était persuadé que les provincettes ne seraient jamais viables.

Il en fut selon sa décision jusqu'à la Conférence Nationale Souveraine qui remit cet enjeu à l'ordre du jour de ses assises.

Le parlement et les fréquents remaniements des gouvernements

Pourquoi ces remaniements incessants et intempestifs ? À mon avis, le jeune Parlement congolais souffrait d'un manque évident de cadres formés et préparés pour la gestion d'une telle institution. Les tout nouveaux députés étaient très méfiants et avaient une forte perception pessimiste et négative des choses. Ils étaient suspicieux et voyaient le mal partout. Une motion de méfiance d'un député suffisait pour devenir une tendance générale. L'affaire du Gouvernement Adoula au Conclave de Lovanium en était une belle illustration. Quelques députés avaient qualifié le gouvernement du Premier ministre Adoula, de gouvernement éléphantesque et, la minute suivante, c'était devenu un slogan.

Tout le monde répétait la même phrase et réclamait le remaniement du gouvernement. Comme déclaré précédemment, le Premier ministre avait été interpellé à ce propos. Avec quelques députés, nous l'avions aidé à remanier son gouvernement.

C'était la brève époque où les principes de gestion démocratique étaient exercés. De nos jours, qui oserait interpeller le Président du Parlement ou le Premier ministre dans son cabinet ? C'était pourtant une réalité de cette époque : le Président de l'Assemblée étant supérieur au Premier ministre, il avait l'autorité nécessaire pour l'inviter pour un renseignement ou une matière importante.

Mes souvenirs des années du Parlement

Considérant l'agitation permanente des séances parlementaires, je m'étais inspiré de mon expérience au poste de Chef de Centre Extra-coutumier de Kikwit pour asseoir ma crédibilité auprès des députés. La diplomatie et la neutralité m'avaient aguerri dans l'art de la cohabitation entre les colonialistes blancs, tenants du statu quo, et les Congolais qui, eux, se préparaient pour l'accession du pays à l'Indépendance.

Durant mon mandat à la présidence du Parlement, je m'étais toujours efforcé de mettre tout le monde à l'aise et de respecter les différents courants d'opinions. J'ai quitté le Parlement sans connaître ni vivre aucun incident fâcheux. Les députés qui m'appréciaient ont regretté mon refus de me représenter.

De la fermeture du parlement par le Président Kasa-Vubu

En 1963, le Président Kasa-Vubu décida la fermeture du Parlement, ce qui déclencha une véritable crise institutionnelle. Les députés de Kisangani partirent rejoindre la rébellion de Gizenga. Dès sa libération de la prison de Bula-mbemba, ce dernier alla rencontrer Tshombé qui l'accueillit chaleureusement et proposa de le nommer ministre.

Toutefois, sachant qu'il faisait l'objet d'une surveillance serrée, Gizenga choisit de s'évader à Brazzaville. Il traversa nuitamment le fleuve en pirogue et, peu de jours après, prit un vol pour l'étranger. Pendant ce temps, Pierre Mulele poursuivait ses contacts avec les milieux communistes par l'entremise de l'ambassade de la Tchécoslovaquie.

Il étudiait le système communiste. Mulele était un ancien militaire, député élu, un homme intelligent, discipliné, exigeant et perspicace. Grand nationaliste et véritable bourreau de travail, Pierre Mulele était bien connu pour son tempérament extrêmement difficile et son caractère irascible. Premier Secrétaire général du parti PSA, il avait dirigé la première rencontre des membres du parti. Avec lui, les réunions pouvaient débuter à 18h et se terminer à 6h du matin.

Déjà à cette époque, le courant passait mal entre Kamitatu et Mulele. Ce dernier a joué un rôle probant dans la mésentente entre Gizenga et Kamitatu.

Kamitatu était un homme bouillant et ambitieux. Cela déplaisait beaucoup à Mulele qui ne manquait pas de lui rappeler :

– C'est Gizenga qui est le Président national du Parti ; toi, tu es le Président provincial.

Pour Kamitatu, Gizenga était un homme mou. Les deux tempéraments avaient du mal à cohabiter. Après la scission du PSA, Pierre Mulele était resté avec Gizenga. Ils ont été rejoints par Mungul Diaka. J'ignore la place qu'il occupait alors dans cette aile du parti PSA Gizenga.

****

La rébellion de Mulele

En 1964, je me suis rendu à Tshikapa en compagnie de ma femme pour acheter du diamant. Nous sommes allés en voiture. À cette époque, les routes étaient très bien entretenues et il était aisé de parcourir une telle distance en une journée. Sur la route de retour, nous avions été surpris par le nombre de militaires stationnés à l'entrée de Kikwit.

Trois soldats nous ont approchés et intimé l'ordre de sortir de la voiture. J'ai demandé :

— Pourquoi ? Qu'y a-t-il ?

L'un d'eux rétorqua avec insolence :

— Je n'ai pas d'explications à vous donner, sortez de la voiture.

J'ai aussitôt répliqué :

— C'est non ! Dites-moi d'abord pourquoi je dois sortir de la voiture.

Les soldats s'adressèrent à ma femme et lui demandèrent de descendre de l'auto.

— Ma femme ne sortira pas, ai-je dit. Je dois d'abord savoir ce qui se passe.

Sur ces entrefaites, leur chef arriva et, m'ayant aussitôt reconnu, il s'écria à l'intention des militaires :

— Mais, c'est l'ancien Président de l'Assemblée Nationale!

Il nous donna une garde pour nous escorter jusqu'à notre domicile. Pendant le trajet, le militaire nous fournit des informations sur la situation qui prévalait à cause de la présence des mulelistes localisés dans la collectivité, proche de la Mission catholique de Kikwit Sacré-Cœur. Une rébellion s'y préparait et la province commençait déjà à compter ses premiers morts.

J'étais très surpris d'apprendre ces nouvelles. Je m'informerai auprès de quelques politiciens locaux.

Il ressortait de façon récurrente que, mécontent de la mort de Lumumba et de la situation de Gizenga à Kisangani, Mulele avait décidé de prendre le pouvoir par la force. Par cette rébellion, son intention était de contraindre Kasa-Vubu à démissionner. Pierre Mulele avait été le

Ministre de l'Éducation Nationale du Gouvernement Lumumba. Lorsque le problème Lumumba commença, il se trouvait à l'étranger, précisément dans les pays de l'Est européen où il s'était déjà rendu précédemment. D'où son absence à la Table-Ronde de Bruxelles.

Après la chute de Lumumba, Pierre Mulele partit en Chine pour suivre une formation en guérilla.

Son retour à Léopoldville fut des plus discrètes. Après quelques semaines de clandestinité dans la Capitale, il alla s'installer sur la rive droite du Kwilu, où il démarra les préparatifs de sa rébellion. Mulele s'installa dans la forêt pour enseigner l'art du maquis aux jeunes mulelistes recrutés ça et là à travers la province. Les résidents de la rive gauche alertèrent aussitôt les autorités de Kikwit sur sa présence dans la forêt. Les militaires furent aussitôt dépêchés sur place. Les rebelles mulélistes étaient des jeunes partisans, drogués, très endoctrinés et bien entraînés.

Ils exécutaient les ordres de leur chef de manière anarchique et sans discernement. La rébellion muleliste fit plusieurs milliers de morts. Je compris alors qu'il n'était pas sécuritaire de rester à Kikwit. Il fallait rentrer à Léopoldville sans tarder. Ce qui fut fait dès le matin suivant. Nous prîmes un vol pour la Capitale.

Le jour suivant mon retour à Léopoldville, j'allai chez le Premier ministre Adoula. Ma visite tombait à bien propos, car il était précisément en compagnie de Mon- sieur Nendaka, le Chef de la sûreté nationale.

Après mon récit, le Premier ministre dit :

— Je suis au courant de la situation qui prévaut là-bas. Un important contingent de l'armée est prêt à descendre à Kikwit pour assurer la protection des populations contre ces drogués. Quelques jours plus tard, je reçus une invitation des services du protocole pour me rendre au bureau du Président Kasa-Vubu.

Ma désignation comme Haut-Commissaire de la République pour la Province du Kwilu.

Je rencontrai le Président Kasa-Vubu qui me tendit une lettre venant de la population de Kikwit. Elle faisait état de la gravité de la situation dans le Kwilu, réclamait la protection du gouvernement et exprimait la crainte de voir la ville de Kikwit réduite en cendres. La lettre poursuivait : *nous vous demandons de nous envoyer Monsieur Yvon Kimpiobi, notre ancien Chef de Centre. Il est la seule personne capable de nous protéger et de travailler avec des militaires.* Après la lecture de la missive, je la restituai au Président Kasa-Vubu qui me demanda :

− Alors, qu'en dites-vous ?

− Monsieur le Président, je n'ai pas à réfléchir longtemps. Certes en temps normal, cette requête n'aurait pas été admissible parce qu'un ancien Président de l'Assemblée Nationale, la deuxième personnalité de la République, ne peut faire office de Gouverneur provincial. Toutefois, vu les circonstances exceptionnelles et considérant cet appel de mes électeurs qui réclament ma présence, je suis disposé à y aller.

Le Président de la République approuva ma réaction patriotique et dès lors il me fit confiance et, par la suite, le manifesta ouvertement. Il dit :

− Mon cabinet va préparer les documents de votre nomination comme Haut-Commissaire de la République pour la Province du Kwilu.

Deux jours plus tard, l'Officier d'ordonnance du Président vint au Bureau du Parlement m'annoncer que le Président de la République voulait me rencontrer. Bien que le Parlement fût dissous, nous nous y rendions régulièrement par habitude.

Le Président Kasa-Vubu me remit l'ordonnance de ma nomination et, toutes affaires cessantes, je partis le lendemain rejoindre mon nouveau poste d'affectation, laissant ma femme et les enfants à Léopoldville. Mon prédécesseur avait quitté sa fonction avant mon arrivée. Donc, j'ai pris la direction de la Province, sans passation des dossiers avec le Gouverneur sortant.

En apprenant ma nomination, Mulele m'adressa une lettre sans équivoque de sa résidence dans la forêt :

« *Ici, c'est moi qui commande. Si vous voulez une entente avec nous et si vous venez au nom du peuple, commencez par vous séparer de Kamitatu. Cet homme est un fléau. Kasa-Vubu et lui sont à la base du malheur du peuple congolais* ».

La lettre était livrée par un messager inconnu, car, souvent, les lettres étaient déposées devant la porte du bureau. De plus, la majorité de la population de la cité était constituée des adeptes de Mulele, qui se gardaient bien de le manifester.

Dans ma réponse, je proposais à Mulele de me rencontrer à Kikwit. Ma lettre était ronéotypée en milliers d'exemplaires et dispersée dans la ville afin que toute personne qui la lirait puisse la partager avec d'autres. C'était évident que Pierre Mulele circulait en toute impunité à la cité avec la complicité de la population qui n'osait le dénoncer.

Sa réponse finit par arriver :

« *J'ai lu votre lettre. Avant d'y donner une suite, vous devez m'assurer que vous vous êtes séparés de Kamitatu. Sinon on ne s'entendra pas.* »

Kamitatu était toujours le chef de file du parti, mais moi je m'étais déjà séparé de lui. C'est précisément à la même période que ce dernier était venu tenir des réunions politiques à Kikwit, une ville aux prises avec des troubles.

Les services de sécurité me suggèrerent de l'arrêter. Je refusai catégoriquement :

−C'est non ! Si aujourd'hui vous me proposez d'arrêter Kamitatu, demain vous me blâmerez pour la même raison. Je sais ce que je dois faire.

J'envoyai le message suivant à Kamitatu : « *dès la réception de cette lettre, pliez vos bagages et rentrez à Léopoldville sans tarder* ». Il s'envola dans le premier avion pour la capitale. Dès cet instant, mes relations avec lui prirent un sacré revers.

Kamitatu se mit à me combattre en sabotant toutes mes initiatives et en court-circuitant les communiqués lancés aux populations en panique pour les dissuader de se rendre dans la forêt où Mulele et ses troupes sévissaient toujours.

Mes proches collaborateurs étaient le Colonel Ndoyiba, au poste de commandant; au cabinet, j'avais Mapwanga Pierre et Théophile Bwaya, mon secrétaire. Ce dernier était agent administratif aux PLZ (Plantations Lever au Zaïre) de Lusanga/Leverville, à 45 km de Kikwit. J'ai demandé son détachement à la direction de la société. Une fois l'équipe du bureau complétée, nous nous sommes mis à l'ouvrage.

Mon premier acte fut la lettre circulaire à Pierre Mulele pour une rencontre à Kikwit.

Les civils étaient pris en étau entre les tracasseries militaires et les exactions des rebelles.

Après plusieurs réunions de sécurité avec le Colonel Ndoyiba, il fut décidé que la priorité était de sortir les populations de la forêt, de les ramener dans les villages et de sécuriser leur environnement.

Je fis l'observation suivante au Colonel :

−Le succès de cette intervention repose sur vos militaires. S'ils vont avec la force et les intimidations, nous n'y parviendrons pas. Il faut les motiver afin qu'ils considèrent ce travail comme un apostolat.

Mulele se manifesta pour réclamer la réparation de l'axe routier Kikwit-Idiofa qui n'était plus praticable. Et pour cause ! Les mulelistes laissaient des trous béants derrière leurs passages ou enterraient des épaves de camions au milieu de la route pour ralentir la progression de leurs poursuivants. L'insécurité était généralisée.

La réhabilitation de la route débuta avec des cantonniers hautement sécurisés par une très forte présence militaire de chaque côté de la route. Ils avaient l'ordre de tirer en cas d'une menace quelconque. De temps en temps, ils tiraient en l'air pour dissuader ou chasser quiconque s'aventurait à venir s'attaquer aux travailleurs. Il en fut ainsi jusqu'à la fin des travaux.

La propagande incitative au retour à la Cité, menée tambour battant auprès de la population, finit par avoir raison de la campagne de peur insidieusement inoculée par les rebelles et autres politiciens mulelistes.

Les gens comprirent que le mulelisme était une utopie et une pure perte de temps. Dans les territoires de Bulungu et Idiofa, les civils commencèrent à regagner leurs villages, sauf les fanatiques qui poursuivaient leurs attaques contre les paisibles citoyens.

Une conférence

J'avais convoqué une conférence de tous les chefs coutumiers du Kwilu et des politiciens de Léopoldville originaires du Kwilu pour trouver une entente dans la Province. À la période de cette réunion, Mungul Diaka, Paul Kakwala et le chef coutumier Kamanda étaient mes trois adjoints.

J'aimerais revenir un moment sur la rivalité qui existe entre les peuples bambala et bayanzi du Kwilu. Elle remonte au temps où les bambalas étaient soumis aux bayanzi dans les collectivités et les chefferies. En général, dans les villages où les deux peuples cohabitaient, les chefferies étaient assumées par des bayanzis. En ce temps-là, lorsqu'un chef yanzi mourrait, il était enterré avec un mumbala vivant.

Le souvenir de cette histoire est resté gravé dans la mémoire collective des bambalas. Hasard des choses, mes trois agents étaient tous des bambalas. Bien qu'il obéissait à mes ordres, je savais que Mungul Diaka ne m'appréciait pas.

Dès l'ouverture des assises, le chef coutumier de Pay-Kongila, un mumbala, déclara :

— Monsieur le Haut-Commissaire, comme vous le voyez, les chefs coutumiers ont unanimement répondu à votre appel et sont tous présents. J'ai cependant une observation des chefs coutumiers à faire : en 1960, nous avions élu plusieurs députés qui sont partis au Parlement à Léopoldville. À la tête de cette délégation, il y avait Messieurs Gizenga et Kamitatu. Nous avons la chance d'avoir M. Kamitatu parmi nous. Les chefs coutumiers souhaitent qu'il nous dise où se trouve Gizenga qui était parti avec lui.

Sa déclaration fut suivie d'un silence glacial. J'ignorais que les chefs coutumiers s'étaient préalablement concertés. Il poursuivit :

— Si Gizenga n'est pas là, Kamitatu ne peut pas assister à la réunion. Qu'il aille d'abord nous chercher Gizenga, sinon il doit sortir.

En entendant les allégations de ce chef coutumier, Kamitatu quitta la salle. Il m'en tint pour responsable et chercha même à ternir ma réputation. La polémique enfla. Monseigneur Alexandre Nzundu, et son vicaire-adjoint, tous deux bambalas, s'en mêlèrent. Mungul Diaka le rejoignit. Ce dernier faisait mine d'être de mon côté, mais, en réalité, il se rangeait derrière les deux autres pour me qualifier de communiste. Ce qui, à l'époque, suffisait pour discréditer ou exposer un homme politique.

Non contents de me pointer comme un communiste, ils distribuèrent des tracts disant : « *Faites attention à Monsieur Kimpiobi. C'est un communiste, il veut entraîner la population de Kikwit dans le communisme.* »

Malgré toutes ces manœuvres dilatoires, les réunions eurent régulièrement lieu avec tous les invités coutumiers et politiques.

****

La création du parti politique UDECO

C'est lors des assises de cette réunion-conférence que les participants prirent la décision de mettre un terme au Parti Solidaire Africain. C'est également au cours de ces rencontres que fut créé le parti UDECO (Union Démocratique congolaise), dont j'étais l'initiateur. Les chefs coutumiers y adhérèrent comme premiers membres. L'UDECO participa aux élections législatives de 1965. Par la suite, le parti s'affilia à la CONACO de Moïse Tshombé. Lors de sa grande tournée effectuée à travers tout le pays, en tant que Premier ministre, ce dernier reçut un accueil triomphal à Kikwit. Je fis sa connaissance à cette occasion, ensuite, nous étions devenus des alliés. Adolphe Kishwe, un ressortissant yanzi, également membre de l'UDECO entra au Gouvernement Tshombé. Nous entretenions de très bonnes relations avec lui.

Les élections législatives de 1965 et l'élection des Gouverneurs provinciaux

Une fois la rébellion maîtrisée, la vie reprit son cours normal. Le Colonel Nzoyiba fut rappelé à Léopoldville et remplacé par le Colonel Monjiba. Comme son prédécesseur, ce dernier était également un natif de la province de l'Équateur. La rébellion étant désormais hors de cause, le moment était venu de commencer les préparatifs des élections législatives de 1965.

Au niveau de la Province du Kwilu, deux partis distincts étaient en lice : le Parti Solidaire Africain, de Kamitatu, et l'UDECO. Avec l'appui des chefs coutumiers membres du parti, l'UDECO remporta aisément ces élections.

L'annulation des résultats du Kwilu et de la Cuvette Centrale.

Mauvais perdants, Kamitatu Cléophas au Kwilu et Bomboko Justin dans la Province de la Cuvette Centrale, allèrent voir le Président Kasa-Vubu pour le convaincre d'annuler les élections uniquement dans ces deux provinces.

J'appris l'annulation et la reprise des élections à la radio. Ce qui me frustra profondément et provoqua une forte colère en moi. Le lendemain matin, j'embarquai à bord du premier vol pour Léopoldville. De l'aéroport, je me rendis directement à la Présidence de la République. Le Chef de l'état m'accueillit sans protocole avec un :

— Comment ça va ?

— Qu'est-ce qui peut encore aller à l'état actuel des choses, Monsieur le Président ? J'ai appris l'invalidation des élections hier par la voie des ondes. J'en suis encore fort surpris et je ne comprends toujours pas la raison de l'annulation des élections. Permettez-moi, Monsieur le Président, de vous rappeler vos propres recommandations sur certaines personnalités politiques. Avant mon départ pour Kikwit, vous m'aviez enjoint d'éviter certains politiciens dont quelques-uns ont été nommément cités. Or, nous voici en pleine crise électorale provoquée précisément par ces mêmes politiciens. Qu'à cela ne tienne, Monsieur le Président ! C'est vous le responsable du pays et les décisions vous reviennent.

Devant son silence, je poursuivis :

— Je ne suis pas venu discuter votre décision, Monsieur le Président, mais plutôt vous remettre ma démis-sion du poste de Haut-Commissaire de la

République. Je vous annonce aussi que je ne serai pas candidat aux élections.

Le Président Kasa-Vubu ne s'y attendait pas. Il me pressa de ne pas prendre une telle décision sous l'effet de la colère. Puis, il tenta de justifier sa décision, prise, selon lui, suite à certains paramètres stratégiques. D'après une certaine évaluation, il semblait que les élections n'avaient pas été bien préparées dans les deux provinces et qu'il fallait les recommencer. Il conclut :

— Je compte beaucoup sur vous pour reprendre les élections. Il n'y aura aucun problème pour vous. J'ai pris cette décision pour satisfaire tout le monde.

Le Président ne me demanda pas de faire passer Kamitatu comme député. Il me rappela même que depuis la formation du Gouvernement provincial, Kamitatu était l'instigateur de la mésentente des députés de la Province de Léopoldville. C'était un rappel de l'époque où Kamitatu avait fait fi de l'entente conclue entre l'ABAKO et le PSA, ce qui avait déclenché la colère des partisans de l'ABAKO.

Malgré toutes ses justifications, je restais abasourdi par la faiblesse de caractère du président de la République qui pouvait être aussi facilement manipulé et changé de position au point d'annuler et de reporter les élections. Toute sa méfiance envers les hommes politiques qu'il fustigeait auparavant avait disparu sans que j'en fusse informé. J'avais continué à respecter ses consignes alors qu'à Léopoldville, la dynamique politique avait totalement changé. À présent, Kamitatu bénéficiait des bonnes grâces présidentielles.

Au moment de quitter le président Kasa-Vubu, il insista de nouveau pour que je maintienne ma position du moment. Par respect pour le Chef de l'État, je regagnai Kikwit. Un certain monsieur Tshilenge fut envoyé avec des instructions précises du Président Kasa-Vubu. Il devait départager le scrutin ex aequo entre le PSA et l'UDECO. Cela signifiait que les élections n'avaient plus rien de démocratique. Les résultats du vote étaient décidés à l'avance. D'où, par la suite, la difficulté rencontrée lors du vote du gouverneur. L'égalité du nombre des députés des deux partis n'avait pas facilité l'élection du gouverneur.

Élection des membres des bureaux des Parlements provinciaux

Pendant mon mandat de Haut-Commissaire, Kulumba Joseph m'avait mis en contact avec Godefroid Munongo, qui était alors ministre de l'Intérieur. Tous les deux étaient en très bons termes depuis l'époque où Kulumba était Ambassadeur. Nous nous connaissions depuis Kikwit, bien avant l'Indépendance et étions des amis de longue date. Kulumba avait été commis au Secrétariat de District avant de partir à Léopoldville comme agent de l'État. Il disposait d'un solide carnet d'adresses. Un jour, Kulumba m'annonça que le Ministre Munongo voulait me rencontrer, parce qu'il avait entendu beaucoup d'éloges à mon sujet.

J'ai eu un entretien avec Munongo. Il était très intéressé par la situation politique au Kwilu et me posa beaucoup de questions à ce sujet. Suite à mes réponses, il conclut :

− Vous devez voir le Président Tshombé, car nous risquons d'être minoritaires. Il y a des probabilités que des manœuvres soient menées pour détourner nos élus.

À cette époque, les élus de la CONACO venaient de toutes les Provinces et le débauchage de quelques-uns était une réalité. En effet, dès leur arrivée à Léopoldville, le groupe de Kasa-Vubu envoyait des émissaires les accueillir à l'aéroport et veiller à leur confort. Par la suite, se sentant redevables envers leurs bienfaiteurs, ces honorables s'alliaient avec le groupe de Kasa-Vubu lors de la vérification des pouvoirs des députés. Munongo avait vite compris la manigance. Il m'en confia la charge.

Une commission fut créée pour l'accueil et la prise en charge de tous les députés de la CONACO-UDECO. Je fis mes recommandations au Président Tshombé :

− Il faut veiller sur les députés de la CONACO, particulièrement ceux de l'Équateur et du Haut-Zaïre. Ils sont les plus à risque d'être détournés.

− Que faut-il faire, me demanda-t-il ?

− Débloquer un fonds important permettant de couvrir tous les frais de la Commission d'Accueil. Les responsables doivent se rendre à l'aéroport tous les jours pour l'accueil et l'hébergement des élus de CONACO. Ces frais doivent être à la charge du parti.

Puis, le Président Tshombé me demanda encore :

− Qu'allons-nous faire maintenant ?

− Organiser le Congrès du Parti pour préparer et coordonner les élections des membres des bureaux du Parlement. Si nous y allons en ordre dispersé, nous risquons de perdre la Présidence du Parlement. Nous devons nous réunir le plus tôt possible pour en discuter.

Tshombé me confia la charge d'organiser le Congrès du Parti en collaboration avec Munongo. Les assises de la CONACO eurent lieu à l'Hôtel Regina.

Les congressistes s'étaient tellement focalisés sur le Bureau du Parlement qu'ils en oublièrent les élections du Bureau du Sénat. Le groupe de Kasa-Vubu en fit son affaire. Nendaka et Bomboko s'y investirent. À tel point que Kalonji Mutambayi Isaac, le candidat de la CONACO, dût s'incliner devant Sylvestre Mudingayi.

Finalement, les deux bureaux étaient contrôlés par les deux tendances politiques, à savoir le groupe de Tshombé avec Yvon Kimpiobi comme Président de l'Assemblée, et le groupe de Kasa-Vubu, avec Sylvestre Mudingayi à la Présidence du Sénat.

De la révocation de Tshombé

À la suite de ces élections et des tensions qui s'ensuivirent, le Président Kasa-Vubu révoqua Moïse Tshombé de son poste de Premier ministre. Une séance extraordinaire fut convoquée sur le champ au Parlement. Personne ne s'y attendait. À la surprise générale, le Président de la République vint prononcer son discours révocatoire du premier ministre. Plusieurs questions circulèrent parmi les députés sur cette décision inattendue. La plus récurrente fut la crainte du Président Kasa-Vubu de la grande popularité de Tshombé qui, en cas d'élections présidentielles, pouvait facilement remporter le scrutin.

Un Député de Luluabourg avoua :

– Le Pouvoir vient de nous donner des millions pour voter le Gouvernement Kimba, mais nous ne le voterons pas.

– Cet argent appartient à l'État et vous l'avez accepté, s'exclama Tshombé, très offusqué !

– Oui... Nous aussi du Kivu, nous avons reçu autant

pour voter le Gouvernement Kimba, mais nous ne le voterons pas ! renchérit mon grand ami Keleka, un Sénateur du Kivu.

Tshombé déclara :

— Mes amis, nous avons une dette envers nos électeurs qui nous ont envoyés dans cet hémicycle. Sachez-le bien : si vous osez brader la confiance du peuple pour de l'argent, la punition divine vous poursuivra.

Considérant sérieusement la situation de corruption qui fragilisait notre camp, certains élus proposèrent :

— C'est plus sage que nous passions tous la nuit ici. Demain, nous partirons directement au Parlement.

D'autres arguèrent :

— La confiance doit être de mise entre nous, mais auparavant chaque collègue devrait s'engager solennellement à rejeter le Gouvernement Kimba au Parlement. Qu'en pense la majorité ?

Après consultation des tenants de différentes opinions, un élu rapporta l'avis général :

— La majorité des collègues est d'avis que nous pouvons nous faire confiance et rentrer à nos domiciles. Toutefois, retrouvons-nous ici demain matin pour partir ensemble au Parlement.

— Très bien, dis-je. Soyez tous ici demain matin. Nous demanderons des voitures pour assurer le déplacement de tout le monde pour le Parlement.

Les premiers députés arrivèrent à 7h. Le cortège s'ébranla à 9h30, avec la voiture de Tshombé en tête de file. Suivant le mot d'ordre convenu, à l'approche du Parlement, les klaxons retentirent de nos voitures et les sirènes hurlèrent. Notre arrivée fut très remarquée. C'était un dimanche. Mais le Parlement était noir de monde.

Le Président du Sénat et moi, nous retirâmes dans mon bureau pour attendre l'annonce du protocole qui ne tarda pas :

— Messieurs les Présidents, l'Assemblée est prête.

Suivant les consignes données, les élus de la CONACO accueillirent notre entrée avec de longs applaudissements.

La Présidence du Congrès est rotative lors des sessions réunissant le Sénat et la Chambre des Représentants. Pour la circonstance, la Présidence du congrès revenait à la Chambre. Les élus étaient tous présents, y compris mon- sieur Kimba et son gouvernement.

— La séance est ouverte, déclarai-je.

Le Secrétaire général du Sénat procéda à l'appel nominal de tous les Sénateurs, ensuite ce fut le Secrétaire général de la Chambre des Représentants pour les députés. Puis, je repris la parole :

— Chers députés, l'ordre du jour ne comporte qu'un seul point ; le vote de confiance au Gouvernement formé par le Premier ministre Kimba Évariste.

Nos députés, particulièrement ceux qui étaient en tête de liste, avaient reçu des consignes précises : à l'appel de votre nom, répondez haut et distinctement ; « *non au Gouvernement fantoche de Kimba* ». Comme prescrit par le protocole, le Président siégeant devait commencer l'appel par les élus de l'autre chambre.

Aussi, ai-je débuté par la liste de Sénateurs. Les

trois premiers sur la liste étaient des membres de la CO-NACO.

Le Sénateur Afuluta Hubert, un ressortissant de Kisangani, se leva et cria :

— Je dis non au Gouvernement fantoche de Kimba.

Applaudissements frénétiques ! Dans ces rencontres, lorsque les deux premiers donnaient le ton, ceux qui suivaient, à leur tour, répétaient la même chose comme des automates. Dès que la majorité des Non fut atteinte, les députés crièrent en même temps :

— Le Gouvernement Kimba est tombé...

Je poursuivis tout de même l'appel. Lorsque le nom de Tshombé retentit, ce fut des applaudissements dans toute la salle. Les Députés et les Sénateurs de la CONACO se levèrent en hurlant : « Vive Tshombé, vive Tshombé ».

Cette ovation, qui venait juste après sa révocation par le Président de la République, confirmait sa victoire et confortait sa popularité.

À l'issue du vote, je prononçai la formule protocolaire usuelle :

— Messieurs les Parlementaires, vous avez suivi le vote qui a eu lieu en toute transparence. Ensemble, nous avons constaté le nombre de bulletins en faveur du Gouvernement, les bulletins contre et les bulletins nuls. L'Assemblée a voté. Par conséquent, le Gouvernement du Premier ministre Kimba est réputé démissionnaire. Les résultats de ces élections seront transmis au Chef de l'État pour la désignation d'un autre candidat au poste de Premier ministre.

À la sortie du Parlement, le long cortège des voitures, celle de Tshombé en tête, traversa toute la ville, sirènes hurlantes et klaxons tonitruants, jusqu'à son domicile.

Le jour suivant, je fis plusieurs tentatives téléphoniques pour atteindre le président Kasa-Vubu, sans succès. Ce n'est qu'en fin d'après-midi que je finis par le joindre au téléphone :

— Monsieur le Président, je souhaite vous entretenir des résultats du vote d'hier », ai-je dit.

— Je vais vous rappeler, Monsieur le Président, répondit-il brièvement avant de raccrocher.

Des parlementaires étaient venus en grand nombre chez moi en quête de la réaction du Président de la République après le vote.

Kimba, une fois de plus désigné comme formateur du Gouvernement

Pendant que nous attendions des nouvelles de la Présidence de la République, la radio annonça la reconduction de Monsieur Kimba comme formateur du Gouvernement. Je m'exclamai spontanément : « Kasa-Vubu a signé sa fin. »

En effet, vu le résultat électoral, j'avais l'intention de lui suggérer de considérer la candidature d'Albert Nyembo, un ressortissant du Katanga, pour le poste de Premier ministre. Ce dernier avait plus de chance d'être accepté par la CONACO, et même par le groupe Kasa-Vubu. Nyembo avait la stature d'un homme d'État.

Malheureusement, le Président Kasa-Vubu avait fait le choix de reconduire le gouvernement décrié de Kimba.

Coup d'État de Mobutu

Le même jour, nous apprîmes qu'un groupe de militaires fomentait un coup d'État. Deux ou trois jours plus tard, le téléphone me réveilla à cinq heures du matin. L'appel venait du Président Mudingayi, mon homologue du Sénat :

— Président, vous dormez, questionna-t-il ?

— Que se passe-t-il, demandai-je ?

— Suivez la radio, dit-il avant de raccrocher.

J'allumai la radio. Fait inhabituel : une musique martiale passait en boucle. Le bruit réveilla ma femme, Je m'exclamai en désignant la radio :

— La musique militaire de grand matin, cela n'augure rien de bon !

La clarification vint sous la forme d'un communiqué du Haut Commandement militaire pour la population : « *Le Haut Commandement de la République s'est réuni et déclare la déchéance du mandat du Président Kasa-Vubu en tant que Président de la République. Le nouveau Président de la République invite incessamment à sa résidence les Présidents des Chambres législatives.* »

Je me précipitai dans la salle de bain pour m'apprêter avant de rappeler le Président Mudingayi :

— Monsieur le Président, nous sommes convoqués chez le nouveau Président.

— Oui, répondit Mudingayi. Je vous propose de venir chez moi. Nous ferons la route ensemble.

À 6h00, nous étions chez le nouveau Président de la République. Un photographe prenait des photos de chaque nouvel arrivant, immortalisant ainsi les premières heures du nouveau pouvoir. Le jeune Président Mobutu nous présenta le document de la déclaration du Haut Commandement de l'Armée sur l'avènement du nouveau régime, et dit :

— Comme nous, vous aussi avez constaté que la situation du pays ne marche pas. Beaucoup de choses nécessitent d'être considérées et de changer. Face au blocage, les militaires ont pris leurs responsabilités et décidé la destitution de Monsieur Kasa-Vubu. Dès lors, le Haut Commandement prend le pouvoir pour cinq ans. Le Colonel Mulamba est nommé Premier ministre et Chef du nouveau Gouvernement. À l'issue de cette période de transition, des élections seront organisées afin de remettre le pouvoir aux civils.

Mon collègue et moi avions écouté sans l'interrompre. Puis, nous avions approuvé :

— Cinq ans, c'est un délai raisonnable pour remettre de l'ordre dans le pays et organiser des élections.

Nous pouvions sentir que Mobutu était très déterminé à mettre un terme au désordre qui régnait dans le pays. Il semblait s'être méticuleusement préparé. Nous avions exprimé notre souhait de voir le pays sortir de l'impasse politique du moment et amorcer la voie du développement. Nous lui avions présenté nos félicitations et souhaité plein succès.

Avant la fin de l'audience, le Colonel Mobutu nous rassura : « Le coup d'État ne vise pas les deux Chambres législatives. Vous devez poursuivre les travaux en cours ».

Le parcours de retour fut aussi rapide qu'à l'aller. Les grandes artères de la ville étaient vides de toute vie, démentant l'effervescence légendaire de la grande métropole. Les Kinois se terraient peureusement chez eux. Le Colonel Nkulufa fut chargé d'informer le Président Joseph Kasa-Vubu de la décision du Haut Commandement et de lui remettre la lettre de notification de sa déchéance. Le même jour, Kasa-Vubu partit chez lui à Boma. Peu de temps après, le Président du Sénat et moi fûmes sollicités par le nouveau Premier ministre :

— Je cherche un homme pour un ministère.

Il demandait à chacun de nous de lui référer deux candidats ministrables parmi les parlementaires. Je lui proposai la candidature de Joseph Nsinga Udjuu, un ressortissant du Lac Maï-Ndombe et Michel Mputela.

Le courant était vite passé avec le Colonel Mulamba. Il me faisait confiance et me consultait souvent sur certaines questions de politique générale ou sur certaines personnalités. Pour le cas des candidats du Mai-Ndombe, il me demanda :

— Président, parmi les deux personnalités, qui me recommanderiez-vous ?

Ma réponse fut nette :

— Je vous recommande Nsinga pour les raisons suivantes: premièrement, nous avons besoin des jeunes pour la relève et c'est maintenant qu'il faut commencer à les former, et, deuxièmement, ce jeune homme vient de terminer les études universitaires.

Le mois suivant son coup d'État, le Président de la République décida d'organiser son premier meeting et premier contact avec la population de Léopoldville. C'était le 12 décembre 1965 au Stade Tata Raphaël.

Quelque temps avant le grand événement, le Président m'annonça :

– Préparez-vous, car vous devez partir à Rome pour porter un message au Pape Paul VI. La veille du grand meeting, ma femme et moi nous nous envolâmes pour l'Italie.

Après deux jours d'attente, un délai relativement court selon les habitués du Vatican, le Souverain Pontife nous reçut. Le jeune président du Congo invitait le Saint Père à venir célébrer la messe de Noël à Léopoldville.

Le Saint-Père regretta de ne pouvoir donner une suite favorable à sa requête, vu le court délai imparti, Le déplacement du Pape nécessitait une planification et de longs préparatifs au préalable.

Après une semaine passée à Rome, nous allâmes rendre visite aux enfants à Paris. Durant notre séjour en France, je reçus un appel téléphonique de Moïse Tshombé. Il venait d'arriver à Bruxelles et souhaitait me rencontrer.

Doutant de la discrétion de Tshombé et de son entourage, je pris du recul pour réfléchir sur les conséquences d'une telle rencontre. Ce n'était un secret pour personne, Tshombé n'était pas dans les bonnes grâces de Mobutu. Il avait quitté Léopoldville pour Élisabethville, et le voici à présent à Bruxelles. Il y avait de fortes présomptions que nos entretiens soient colportés à Léopoldville. De surcroît, plus de deux semaines s'étaient écoulées depuis notre départ du pays, ce n'était pas impossible que des changements soient survenus dans ce nouvel espace politique.

Mes relations avec Tshombé restaient des plus cordiales et je savais qu'il nourrissait une certaine estime envers moi. Cependant, je devais me prémunir contre une quelconque déferlante des nouvelles autorités du pays. Prétextant un rappel de Léopoldville qui m'obligeait à annuler mon escale de Bruxelles, je rentrai directement au pays.

L'arrivée du Colonel Mobutu au pouvoir avait coïncidé avec la révocation de Moïse Tshombé par Kasa-Vubu. Tshombé était libre de tout engagement politique officiel. Plus tard, il me confia qu'il avait décliné l'offre du nouveau Président de devenir membre du Conseil d'État :

– Je suis un homme d'action, un homme de terrain à qui vous proposez un rôle de mbutamuntu (vieux, sage), aurait-il répondu à Mobutu.

Il conclut par ces mots :

– Je dois attendre un appel du Président ou du Roi pour un conseil. L'offre du Président, c'est très peu pour moi.

Toujours selon Tshombé, le Président Mobutu lui aurait fait une seconde offre plus intéressante qu'il avait accepté celle de Vice-président de la République.

Le Président Mobutu avait demandé que l'Assemblée Nationale travaille sur la modification de la Constitution afin de créer le poste de Vice-président de la République.

J'ai aussitôt convoqué mes collaborateurs :

– Il y a urgence, nous devons faire une proposition de modification de la Constitution.

Les membres du bureau se sont enfermés pendant deux jours, sans prendre de pauses. Le service de restauration du Parlement nous apportait les repas. Monsieur Tshombé était l'homme des Occidentaux et ne cachait nullement sa connivence avec ces derniers. Sans attendre la publication officielle de la décision présidentielle, sa secrétaire, une Belge, commit l'imprudence d'annoncer la nouvelle au journaliste Davister, un proche du Président. Croyant faire plaisir au nouveau président, Davister le félicita pour sa décision :

— Nous sommes très satisfaits de votre décision de prendre Moïse Tshombé comme votre Vice-président.

Quelle indiscrétion de la part de Tshombé ! Mobutu fut profondément frustré et cela déclencha une colère impitoyable. Tshombé était un homme sans paroles. Les deux hommes avaient convenu de ne rien divulguer avant la concrétisation de l'entente. Tshombé, à peine sorti de la Présidence, les Belges étaient déjà au courant de ce qui devait être considéré comme un secret d'État !

Le Président me convoqua pour me signifier que notre travail de révision de la constitution était terminé. Cet incident fut présenté comme la traîtrise ayant conduit à la rétractation de la nomination de Moïse Tshombé au poste de Vice-Président de la République. Il avait perdu la confiance du Colonel Mobutu. Mais les personnes averties avaient compris que la réalité était tout à fait différente et les raisons, toutes autres. Je me suis rappelé les propos de Mobutu au premier jour de notre rencontre, selon les accords du Haut Commandement, tous les postes devaient revenir à l'Armée.

Plus tard, lorsque je revis Tshombé, ma première question fut :

— Que s'est-il réellement passé ? Selon ce que j'ai appris, c'est votre secrétaire qui aurait fuité l'information dans les milieux belges de la ville.

Tshombé haussa les épaules et répondit d'un air entendu :

— Président, laissez tomber. Même si ma secrétaire n'avait pas parlé, les choses n'auraient quand même pas fonctionné avec un homme comme Mobutu. J'ai décidé de rentrer à Lubumbashi.

Le Premier ministre Mulamba et moi avions des contacts réguliers et très suivis. Il venait jouer au volley-ball chez moi. Au fil du temps, nous étions devenus de bons amis et nos deux épouses aussi. Cette proximité semblait déplaire à certains politiciens malveillants qui allèrent nous accuser chez Mobutu de fomenter un coup d'État contre le pouvoir. Heureusement pour nous que le Président Mobutu n'avait pas pris cette délation au sérieux.

****

Mes activités politiques essentielles sous la deuxième République

L'élection du Gouverneur du Kwilu.

Environ deux semaines après l'accession du Président Mobutu à la magistrature suprême, je sollicitai une audience, en ma qualité de Président de l'Assemblée Nationale. J'étais accompagné de mon candidat Gouverneur du Kwilu, Monsieur Takizala Henri. Chemin faisant pour la Présidence, je lui fis les recommandations suivantes :

— Informez clairement le Président Mobutu sur la situation qui prévaut actuellement à Kikwit lors des séances de l'Assemblée Provinciale.

Mobutu me reçut d'abord seul, Takizala était resté dans la voiture.

— Monsieur le Président, dis-je, savez-vous que le Kwilu est la seule province qui n'a toujours pas installé de gouvernement.

— Que faut-il faire pour cela, demanda-t-il ?

— Je pense que votre présence à Kikwit aidera à débloquer la situation. Sinon, il y a fort à craindre que les choses ne perdurent.

— Dans ce cas, arrangez-vous avec le Directeur du Protocole de la République pour fixer une date pour nous y rendre.

— Oui Monsieur le Président. Nous allons étudier la possibilité de planifier le voyage un dimanche afin que vous ne perdiez pas un jour de travail. Nous pourrions faire un aller-retour le même jour.

— Très bien. Qui est votre candidat Gouverneur ?

— Monsieur Takizala Henri, Monsieur le Président.

— Je dois le connaître, affirma le président. Il était le Président de l'UGEC, l'Association des Étudiants.

— C'est exact, Monsieur le Président.

— Et le candidat de Monsieur Kamitatu ?

— Un certain Bernardin Kihalu, Monsieur le Président.

— Arrangez-vous avec le Directeur du Protocole. Voyez dans mon emploi du temps, le dimanche qui pourrait convenir.

— Je suis venu avec Monsieur Takizala Henri, pourrait-il venir vous saluer ?

— Bien sûr, répondit le président.

Un agent de la Présidence alla appeler Monsieur Takizala.

— Bonjour, Monsieur le Président, salua-t-il.

— Bonjour Monsieur Takizala. Comment allez-vous ?

— Je vais bien, Monsieur le Président, mis à part le problème de la Province du Kwilu qui manque toujours de Gouverneur.

Le Président Mobutu décida sur le champ :

— Je vais faire de vous le Gouverneur du Kwilu. Ça va ?

— Oui Monsieur le Président. Et je vous remercie.

— Très bien. C'est entendu.

Le Président quitta son bureau et nous allâmes voir le Chef du Protocole pour planifier le voyage de Kikwit. Ce dernier me rassura :

— Monsieur le Président, je vais consulter l'emploi du temps du Président de la République et vous téléphonerai aujourd'hui.

Aux environs de 16h, le Chef du Protocole m'annonça que le Président était disponible le dimanche de cette semaine. Les dispositions furent prises sur le champ.

Les services de la Présidence firent le nécessaire pour communiquer l'information au ministre de l'Intérieur qui annonça à son tour aux services provinciaux.

Monsieur Takizala s'envola le jour suivant pour Kikwit.

Le dimanche à 8h00, le Président était à l'aéroport de Ndjili, et moi en retard. L'avion présidentiel venait de décoller. Le chef de l'aéronautique avait reçu l'ordre d'attendre mon arrivée avant le décollage du vol régulier à destination de Kikwit.

À l'arrivée du Président à Kikwit, voyant mon absence, mes partisans furent découragés. Quand notre avion atterrit à son tour, peu de temps après, je fus accueilli par des applaudissements.

Le Président Mobutu et sa suite étaient déjà en ville. Une voiture était restée à ma disposition. Je rejoignis la délégation présidentielle à la maison de passage. Nous avions juste quelques minutes pour nous rafraîchir, avant de nous rendre à l'Assemblée Provinciale. Monsieur Ignace Nzabia, le Président de l'Assemblée et membre de l'UDECO, ouvrit la séance. Les membres du PSA Kamitatu affichaient une attitude agressive, comme s'ils étaient drogués. Ils intervenaient de façon bruyante et en désordre. Kamitatu et moi étions assis de chaque côté du Président. Je me penchai et lui glissai à l'oreille :

— Voici l'ambiance quotidienne des séances de cette assemblée ! Comment espérer un quelconque résultat ?

Le Président prit ma main et celle de Monsieur Kamitatu. Il se leva et nous entraîna dans un coin de la pièce pour un ultimatum :

— Je vous donne 15 minutes pour vous entendre. Je dis à Monsieur Kamitatu :

— Les nouvelles élections étaient des élections bidon. Le premier scrutin qui a été annulé était le vrai et vous le savez bien.

— Ah non, on ne revient pas sur ça ! Les élections passées sont loin derrière nous. Parlons de la présente élection.

— Voyez-en vous-même les résultats ! Où en sommes-nous ? Acceptez que mon candidat passe Gouverneur. Votre candidat aura un poste important.

Kamitatu refusa la proposition. L'UDECO et le PSA avaient le même nombre de voix, il pouvait aussi me faire la même suggestion. Sur ce, nos tiraillements reprirent, alors que nous n'avions plus de temps devant nous.

Les quinze minutes étaient vite passées. Le Président Mobutu revint et nous dit :

— Nous risquons de passer toute la journée ici. Qui est votre candidat, Monsieur Kimpiobi ?

— Monsieur Takizala Henri.

– Et qui est le vôtre, Monsieur Kamitatu ?
– Kihalu Bernardin.
– Qui est ce Kihalu Bernardin ?
– C'est un inspecteur ou un professeur.
– Coupons la poire en deux. Monsieur Takizala sera le Gouverneur. Dès sa prise de fonction, il devra s'organiser pour nommer votre candidat à un poste très important. Est- ce acceptable pour vous ?

J'acquiesçais et Kamitatu aussi. Nous gagnâmes la salle pour l'annonce du nom du Gouverneur et briser le suspens qui durait depuis plusieurs mois.

Le silence était total. Toute l'attention était tournée vers la table des officiels.

Le Président de l'Assemblée provinciale annonça solennellement :

– Le Président de la République a tranché. Monsieur Henri Takizala est nommé Gouverneur de la Province du Kwilu.

La tension tomba. Des applaudissements crépitèrent et des cris de joie éclatèrent dans la salle. Les gens sautaient comme des sauterelles : enfin le Kwilu avait son Gouverneur ! C'est dans l'euphorie générale que le Président de l'Assemblée provinciale leva la séance.

Au Congo, le décor politique changeait vite. Les luttes d'influence partisanes étaient sans répit.

Nous avions l'exemple du colonel Mulamba, le compagnon de la révolution du présent Mobutu. Il avait été écarté du jour au lendemain de la Primature pour être nommé à la Présidence de la SONAS (Société Nationale d'Assurances) nouvellement créée. Selon la rumeur populaire, communément baptisée "radio-trottoir", cet éloignement était le premier signe de la mésentente entre Mobutu et Mulamba.

Ma participation au 1er Périple présidentiel dans le Congo profond

Peu de temps après son installation officielle, le Président Mobutu décida d'effectuer un grand périple à travers la République pour aller à la rencontre des réalités du Congolais et du pays profond.

Les Présidents des deux chambres, nos épouses ainsi que les agents des services respectifs, étaient du voyage. Le périple avait débuté à bord de l'avion personnel du Président, le JDM (Joseph Désiré Mobutu). Ce voyage me permit de mieux connaître le pays.

Nous avions visité toutes les provinces : Haut-Zaïre, Équateur, Shaba, les deux Kasaï, Bandundu, Bas-Congo. Au Kivu, nous avions passé la nuit au Parc de Virunga. C'est également à cette occasion, que je fis la connaissance de Mwami Ndeze à Rutshuru.

Avant notre retour à Léopoldville, le président Mobutu et maman Antoinette, nous reçurent, ma femme et moi. Un moment, il se tourna vers mon épouse, il lui dit : «' *maman, nazali politicien te, boyebi nazali na ngayi militaire. Kasi lokola makambu oyo ya monene bapesi ngayi, ndima kopesa président nzela ayaka na tongo nyonso tosololaka makombo ya politiki etali mboka.* [6] '

---

[6] Maman, je suis un militaire et non un politician. Vu la lourde charge qui m'incombe, pourriez-vous autoriser le président à venir chaque matin analyser la situation politique du pays.

Dès ce jour jusqu'au référendum constitutionnel et à la dissolution du Parlement en 1967, je retrouvais le président chaque matin de 7 h à 9h. Nous prenions le petit déjeuner en passant en revue la situation politique du pays. Les rencontres se passaient à l'arrière de la résidence dans un espace aménagé pour ces rencontres. À la fin de la réunion, je me rendais au Parlement et lui, aux bureaux de la Présidence.

Ma participation à l'Assemblée Générale de l'Association Internationale des Parlementaires de Langue française

Ma première participation.

La première Assemblée Générale de l'Association Internationale des Parlementaires de Langue française – « AIPLF » - à laquelle j'ai pris part s'était tenue à Versailles, en France, du 26 au 28 septembre 1968.

La République du Congo y était invitée. Le Parlement étant toujours dissous, le Bureau Politique du Parti m'a mandaté pour représenter le pays.

De la réouverture du Parlement congolais en 1975

De 1975 à 1993, j'avais participé à cinq scrutins et j'avais été élu Député cinq fois.

En 1997, le Président Laurent Désiré Kabila avait suspendu les activités politiques ainsi que le Parlement, par la suite. Un parlement constitué des députés nommés par le régime fut institué en 1999. Suite à une confusion des services du nouveau Président, c'est mon fils, Kimpiobi Dieudonné, qui avait été nommé. Je me suis abstenu lors du scrutin de 2006.

Deuxième et troisième participation aux Conférences de l'AIPLF (Association internationale des parlementaires de langue française)

J'avais assisté à la première Assemblée générale de l'AIPLF en 1968, comme délégué du Bureau Politique car le Parlement était encore fermé. La deuxième Conférence avait eu lieu du 1er au 7 septembre 1984, à St Denis, à l'Ile de la Réunion. Et la troisième rencontre, à laquelle j'ai pris part, s'était tenue à Montréal, au Canada, du 6 au 13 septembre 1986. À ces deux dernières réunions, j'ai représenté le Parlement congolais en tant que Président de la Section congolaise de l'Association. Mon mandat à cette fonction s'est achevé en 1987.

D'aucuns ont dit que cette date marquait mon retrait de la vie politique. Ce n'est pas tout à fait correct, car jamais un politicien n'abandonne définitivement la vie politique. Il devient un mentor et un conseiller, qui est constamment consulté.

De mes autres rencontres avec le Président Mobutu

Peu avant les élections de 1987, j'avais conduit une délégation de Parlementaires à Gemena auprès du Président Mobutu qui venait de perdre son jeune frère Dongo. Le défunt était l'ambassadeur du Congo en Suède. Il était entendu que les coûts de voyage et de séjour étaient à nos frais. Après notre visite au palais, le Président de la République téléphona à M. Bemba Saolona et lui demanda d'héberger la délégation chez lui. Ce déplacement constituait l'avant-dernier contact avec le Président.

En 1990, sur mon initiative, une fraternité des anciens parlementaires du Zaïre, la « FRAPAZA », en sigle, fut créée et j'en assumais la Présidence. Par ailleurs, je présidais également la corporation des Pionniers de l'Indépendance dont j'étais le fondateur. Le 13 mars 1991, une délégation de la FRAPAZA avait rencontré le Président Mobutu lors des consultations de la N'Sele.

Les Consultations populaires initiées par le Président Mobutu en 1990

Les Consultations populaires initiées par le Président Mobutu s'étaient achevées le 31 mars 1990. Cet exercice met en lumière le profond sentiment de rejet que le peuple nourrissait à l'égard du régime du MPR (Mouvement Populaire de la Révolution). Des interrogations, pétitions et motions, souvent injurieuses à l'égard du maréchal-président, furent étalées au grand jour. Personnellement, je ne voyais pas clairement l'avenir politique du pays ni comment le Président Mobutu, naguère adulé, honoré, vénéré, craint et aujourd'hui déchu et haï par son peuple allait, survivre à toutes ses contestations.

Je connaissais bien le professeur Vunduawe, un proche du président Mobutu et qui avait son écoute... À l'époque, le professeur assumait la fonction de Secrétaire général adjoint du M.P.R., parti unique. Je pris un rendez-vous avec lui pour discuter de la situation politique du pays.

J'étais en audience dans son bureau, lorsque Monsieur Kithima Bin Ramazani, son chef direct, fit irruption. Monsieur Vunduawe me présenta à ce dernier qui répondit avec son franc-parler :

– Monsieur le Secrétaire général adjoint, c'est un scandale que vous me présentiez ce monsieur que je connais de longues dates !

Nous avions tous éclaté de rire. Comprenant que le Secrétaire général voulait s'entretenir avec son adjoint dans un cadre professionnel, je proposai au professeur de le rappeler plus tard, il acquiesça :

— Voyons-nous plutôt à la maison, appelez-moi pour me donner vos disponibilités.

Une semaine plus tard, à la veille de mon voyage trimestriel à Kikwit, Monsieur Vunduawe me fit signe :

— Papa, pouvez-vous venir à la maison demain à 18h00 ?

Je m'y rendis en compagnie de Maître Kakez Ekir Nkaz, qui nous avait mis en contact. C'était l'époque où le Gouvernement travaillait sur le découpage territorial. Mme Vunduawe vint nous accueillir :

— Le Professeur vous attend. Asseyez-vous. Je pars l'informer de votre présence.

Trente minutes plus tard, notre hôte apparut. Nous échangeâmes longuement sur la situation politique de l'heure. Je lui fis part de mon sentiment profond :

— Monsieur le Professeur, c'est par acquit de conscience que j'ai souhaité vous rencontrer pour partager avec vous le fruit de mes réflexions sur la situation actuelle du pays. Le Président a pris le risque d'initier des consultations populaires qui ont donné au peuple une opportunité inespérée d'exprimer son ras-le-bol à travers des motions, des tracts, des pétitions, etc. Je pense qu'il est temps et préférable, pour le chef de l'État, de changer le fusil d'épaule. Pourquoi ne s'inspirerait-il pas de son prédécesseur, le président Kasa-Vubu ? Pourquoi ne pas considérer autrement l'exercice du pouvoir, c'est-à-dire : « régner et laisser au Premier ministre de son choix la direction des affaires du pays » ? C'est le fruit de l'analyse que j'ai tenu à vous transmettre.

— Merci beaucoup. Papa Kimpiobi. Je vais communiquer vos réflexions au Président et je pense qu'il en sera ainsi.

Le jour suivant, je pris mon autobus pour Kikwit. J'y avais mes entreprises. Je venais d'acheter un grand terrain bien situé sur la route de Gungu. J'avais l'intention de démarrer une palmeraie pour l'extraction d'huile de palme et la production de ses dérivés.

J'étais de retour à Kinshasa, le 19 avril, la radio-trottoir propageait sans discontinuer des rumeurs sur un prochain discours du Maréchal Mobutu. Cinq jours plus tard, le 24 avril matin, la télévision annonçait le discours imminent du Président de la République.

J'étais installé devant la télévision.

Le Président arborait un air austère et un ton grave : « Chers Compatriotes » avait remplacé l'habituel « Citoyennes, Citoyens, Militantes, Militants ».

Je me dis : « *attendons-nous à de grands changements aujourd'hui* ».

Le discours annonçait des bouleversements profonds sur le plan politique. Si ce train de mesures avaient été suivies, le pays serait sur la voie de la renaissance et de la reconstruction. Hélas ! C'était sans compter avec les caciques du pouvoir. Voyant arriver la fin de leurs privilèges, ces derniers allèrent, le même soir, reprocher au Président le bradage de son pouvoir et son autorité. La suite, nous la connaissons tous.

Ce fut le contre discours du 3 mai qui changea et atténua les décisions annoncées le 24 avril.

4 avril 1990 : les partis politiques sont autorisés à fonctionner de nouveau

Après l'annonce de l'ouverture à la Démocratie et l'autorisation de créer des partis politiques, plusieurs regroupements politiques poussèrent comme des champignons le lendemain d'une longue nuit pluvieuse. Personnellement, et ce malgré la pression des gens, je n'étais pas très intéressé à en créer un.

J'exprimai ma crainte à mes concitoyens:

– Un parti politique exige des moyens considérables pour l'entretenir. Autrement, le Parti sera bénéfique pour les partisans, mais je devrais en assumer les frais. De plus, je trouve idiot de créer un Parti politique, juste pour le prestige ou l'honneur et d'aller quémander l'argent pour les frais courants de fonctionnement et devoir le fermer peu de temps après par manque de financement.

– Mon ami et voisin Iléo, venait de créer le PDSC (Parti des Démocrates Sociaux-Chrétiens). J'allais le voir régulièrement et participais aux assemblées du parti. J'avais fini par m'y intéresser et y adhérer. Kamitatu assurait la présidence régionale pour le Bandundu au sein du PDSC.

Je faisais partie de ce groupe et certaines réunions avaient lieu chez Kamitatu.

Je n'étais pas satisfait de la composition du directoire du parti dont la majorité était des anciens membres du Comité Central du MPR. Je ne me sentais pas à ma place. Aussi, je décidai de quitter le PDSC. Avant de partir, je rencontrai Monsieur Iléo, et quelques dirigeants du parti, pour leur faire part de ma décision.

M'adressant à Monsieur Iléo, je dis :

— Président, je suis des vôtres depuis les débuts du PDSC et j'en suis même un membre. Cependant, après mûre réflexion, je ne me sens pas à ma place et préfère vous donner personnellement ma démission plutôt que par des tiers.

Iléo fut sincèrement étonné. Il chercha à connaître les raisons qui me poussaient à quitter le parti. Je répétai ma réponse.

Après le PDSC, je m'étais intéressé au PALU. Mon épouse et moi avions rencontré Madame Thérèse Pakasa avec l'intention d'adhérer à ce parti dont le leader, Antoine Gizenga, était un homme intègre. Lors de notre seconde visite, nous avions payé notre adhésion et reçu nos cartes de membres du PALU.

La troisième visite s'était plutôt mal passée. Mme Pakassa était en compagnie d'un groupe de jeunes du parti que notre présence semblait visiblement ennuyer. Elle ne cacha pas son malaise. Ce fut notre dernier passage au PALU. La conclusion était claire : nous n'étions pas les bienvenus.

Après cette déception, nous avions essayé avec l'UDPS. Monsieur Étienne Tshisekedi nous avait chaleureusement accueilli. Il me confia :

— Lors de la création des comités du parti, j'ai demandé à Monsieur Mbwankiem où se trouverait le Président Yvon Kimpiobi.

— Au PDSC », m'a-t-il répondu, embarrassé.

— Effectivement, j'étais au PDSC, mais j'ai vite réalisé que je n'étais pas à ma place.

Monsieur Tshisekedi dit à l'intention des partisans qui étaient présents :

— Nous avons déjà travaillé ensemble Monsieur Kimpiobi et moi à l'Assemblée Nationale. Il n'y a aucune raison de ne pas continuer à le faire.

Puis, il ajouta :

— Les comités sont déjà constitués. Vous appartenez à l'interfédérale de Léopoldville, qui comprend la Ville de Kinshasa, la région de Bandundu et la Région du Bas-Zaïre. Voyez cela avec Monsieur Mbwankiem.

J'étais accepté à l'UDPS avec enthousiasme. Après un bon échange avec Monsieur Mbwankiem, ma femme et moi achetâmes nos cartes de membres et devînmes des membres actifs du parti UDPS. Une fois ma candidature validée, je fus admis à l'unanimité comme membre du Comité national de l'Union pour la Démocratie et le Progrès Social et le suis resté.

Au sujet de monsieur Iléo

Monsieur Iléo était un homme très sérieux, intelligent et très direct. Il ne mâchait pas ses mots et donnait son point de vue sans ambages. J'avais l'habitude de lui rendre visite à domicile pour des échanges politiques. Il était toujours objectif à mon égard et je n'avais jamais trouvé matière à lui reprocher.

Mon seul regret est qu'il n'ait pas écrit sa biographie politique, car il figure parmi les vraies têtes congolaises qui se sont dressées contre le mépris du colonialisme. Il fut aussi l'un des promoteurs du Manifeste *de la Conscience Africaine* ».

À force de le remettre à plus tard, Iléo n'a laissé aucun écrit pour les générations futures, malgré sa bonne intention de le faire. Je me souviens qu'il répétait souvent: j'écrirai.

Un jour, il avait déclaré à un groupe de jeunes gens :
— J'ai beaucoup à dire et je le ferai à temps opportun quand l'environnement sera permissible. Sinon, je partirai sans rien révéler.

Et, comme l'environnement du pays était le même, il est parti avec ses secrets. Nul ne pouvait honnêtement prétendre connaître la nature profonde des relations entre un politicien zaïrois et le Président Mobutu ! La journée, on affichait des tensions survoltées et la nuit, on trinquait intimement ensemble ! Quoiqu'il en soit, politiquement parlant, Monsieur Iléo semblait ne pas être dans les bonnes grâces de Monsieur Mobutu. Ils ne semblaient pas vibrer au même diapason.

Au sujet de Tshisekedi

J'avais fait la connaissance de Monsieur Tshisekedi pendant la législature de 1965. Joseph Nsinga et lui étaient les premiers parlementaires juristes. C'est durant cette époque que j'avais eu l'occasion de l'apprécier. Lors de la rencontre des parlementaires de langue française de 1984 au Québec, Tshisekedi était le chef de la délégation zaïroise en tant que Président de la Section Zaïre. Sur la voie de retour, à l'escale de Bruxelles, il a déclaré :

— Notre mission est terminée, ainsi que mon rôle de chef de délégation. Chacun dispose de sa liberté pour repartir quand il le désire.

Il entamait ses premiers contacts avec les parlementaires belges qui, par la suite, l'ont soutenu particulièrement durant sa révolte contre le pouvoir de Mobutu.

À l'époque où il était Premier ministre, un jour Tshisekedi me posa la question suivante :

— Président, allez-vous présenter votre candida-ture à la présidence de l'Assemblée Nationale ? Si c'est le cas, je suis prêt à sensibiliser les députés du Kasaï et du Shaba pour vous élire. Engagez vos efforts auprès des députés du Bandundu et nous gagnerons.

L'information finit par s'ébruiter et arriva en haut lieu. Les élections furent annulées et le Président Mobutu désigna Nzondomyo comme son candidat à la Présidence de l'Assemblée Nationale. Ce dernier fut élu après plusieurs tractations.

****

Ma vie privée

Le pays était en instance d'accéder à son Indépendance, mais l'effectif des cadres appelés à assumer les différentes fonctions dans le futur nouvel État était insuffisant. Il fallait faire feu de tout bois.

Formé dans la perspective d'une carrière professionnelle au sein des entreprises du secteur privé, j'ai été aspiré par la politique, de la manière évoquée à l'épisode de mon entrée dans l'administration et dans la politique.

Je me suis vite adapté à l'exercice des fonctions administratives, dans lesquelles j'ai été d'abord affecté, ensuite au monde politique où j'ai été appelé à faire partie des hautes personnalités de la République.

Dans ce récit, j'ai parlé longuement de ma carrière politique. Je voudrais revenir sur ma vie privée, que j'ai présentée partiellement en relatant mon premier mariage et mon second mariage, qui ont eu lieu avant mon entrée en politique. Celle-ci a ses gloires et ses déboires. Je n'y ai pas échappé. Elle a envahi ma vie.

Au Congo, les habitudes sociales d'une longue tradition ne connaissent pas de barrière entre la vie publique et la vie privée des personnes revêtues de hautes fonctions publiques, ou dans le secteur privé. Un monde composé de diverses catégories de personnes désireuses d'audience afflue au bureau et au domicile. Au bout du compte, la vie privée se retrouve étouffée et diluée dans le rythme des activités professionnelles. Les épouses en paient lourdement le tribut.

Cela peut s'expliquer également par le fait que toute la classe dirigeante du Congo Indépendant s'est formée avec la génération scolarisée sous la colonisation. Les femmes n'avaient pas bénéficié d'un même niveau de scolarité ni d'initiation professionnelle.

Au cours des premières années de l'Indépendance, exclusivement les hommes ont accaparé toutes les affaires. Les femmes étaient tenues à l'écart. Les épouses des cadres dirigeants étaient reléguées au rôle de ménagères servant le mari, les invités et les visiteurs de celui-ci.

Pris toute la journée et tard dans la nuit par les activités professionnelles, les hommes n'étaient pas en mesure de consacrer à leurs épouses le temps nécessaire. De la sorte, elles étaient frustrées, fragilisées et déstabilisées sur le plan affectif. De plus, elles devaient parfois endurer une cour effrénée des visiteurs que leurs maris recevaient à domicile; sans compter les informations et les soupçons d'infidélité de ces derniers.

Les convictions spirituelles d'ordre religieuses ou coutumières et la vie matérielle confortable leur servaient parfois de refuge et leur permettaient de demeurer dans leurs ménages. Il est à noter que de nombreux couples de cadres dirigeants ont littéralement éclaté. Du reste, sans être une excuse, des cas similaires sont relevés, se rapportant à des rois, princes, présidents, autres dirigeants et à leurs épouses, reines, comtesses, duchesses, marquises, princesses, premières dames, à travers le Monde et tout au long de l'Histoire.

Mes fonctions politiques successives, Maire, Député, Commissaire Politique Provincial Extraordinaire, Président de la Chambre des Représentants, Membre du

Bureau Politique du MPR, et les audiences incessantes n'ont pas manqué de ruiner ma vie privée.

Dans ce contexte, j'ai été amené à divorcer et à me remarier plusieurs fois. Le premier divorce est survenu en pleines turbulences politiques et au cours de mes séjours parlementaires loin du foyer, après vingt ans de mariage. Les autres mariages ont eu des durées variables.

En fin de compte, j'ai eu vingt-trois enfants qui ont été élevés à mes côtés. Parmi eux, les deux Lili ont perdu la vie et onze résidents actuellement à l'étranger : trois en France, trois au Royaume-Uni, trois au Canada, un aux États-Unis et un au Japon. J'ai en outre adopté une nièce et deux petits-enfants.

Ayant atteint le troisième âge et étant quelque peu à l'écart de la politique active, je suis un homme heureux avec ma femme, mes enfants et mes petits-enfants. Ils sont ce que j'ai de plus précieux au monde.

Postface

Au terme de la lecture de cet ouvrage autobiographique posthume, le lecteur pourrait ressentir, et avec raison, l'impression que sa soif n'a pas été entièrement assouvie, que l'auteur n'a pas tout livré de cette époque où le Congo, jeune, inexpérimenté, candide et naïf à souhait, était déjà sacrifié sur l'autel des convoitises insatiables de ceux-là mêmes qui prétendaient lui vouloir du bien. Il ne s'est pas non plus épanché sur l'immaturité et l'impréparation d'une classe de cadres politiques devant gérer le pays.

Beaucoup de pages restent encore à remplir pour compléter les vides et les non-dits, pour déconstruire les contre-vérités et restituer la vérité sur les événements historiques qui ont inexorablement et fatalement conduit le Congo dans l'impasse actuelle. C'est donc un fait.

Cependant, à l'instar des petits cours d'eau et rivières serpentant les campagnes et les forêts pour aller grossir les fleuves avant de se jeter à l'océan, fertilisant ainsi la terre sur leur passage ; ce récit qui vient, d'une époque déjà révolue, est un témoignage temporel important. Il pourra éclairer tant soit peu la curiosité du chercheur. Enfin, il trouvera certainement son espace à la page qui est sienne dans le Grand Livre de l'Histoire du Congo.

Nouveau clin d'œil à la citation de Amadou Hampâté Bâ : « *En Afrique, un vieillard qui meurt, c'est une bibliothèque qui brûle* », il est à regretter, en effet, que la majorité d'acteurs politiques, témoins de l'Indépendance et des premières années du Congo indépendant, à l'instar des sages de nos villages, n'aient hélas guère pensé à transmettre leur héritage de connaissances et d'expériences à la postérité.

Ce livre est publié 25 ans après l'enregistrement des bandes audios. Nous avons tenu à respecter l'authenticité des propos et souvenirs de l'auteur sans apporter des modifications qui risqueraient de le sortir de son contexte, de l'esprit de la narration et de sa réalité. Il nous faut constater que, malheureusement, l'auteur n'a pas eu l'opportunité d'aborder ses nombreux accomplissements sociaux, communautaires, culturels ni les insignes et actes de reconnaissances reçus pour sa longue carrière politique et ses initiatives visant à l'amélioration de la qualité de la vie en zone rurale et à la promotion de la vie sociale.

Nous espérons cependant qu'à la fin de votre lecture, vous éprouverez la satisfaction d'avoir pu découvrir :

Quelques empreintes de ce qu'était la vie d'un jeune congolais sous le régime colonial ; ses premiers pas d'adulte, son militantisme et son activisme pré indépendance ainsi que, finalement, sa contribution audacieuse dans les revendications ayant conduit à l'obtention de l'indépendance immédiate et inconditionnelle du pays.

Un homme intègre, que la sagesse innée et la probité ont hissé à l'échelle de conseiller naturel des plus hautes autorités politiques dès l'accession du pays à l'Indépendance.

Un homme ayant bravé et traversé les caprices et les assauts de la scène politique du Congo-Zaïre sans jamais se mouiller dans ses constantes cabales sordides avérées ou fausses qui émaillent la vie politique congolaise depuis le premier jour de son accession à l'indépendance, et qui ont, au mieux, envoyé nombre de ses contemporains dans des geôles politiques ou au pire, ôté leur vie.

Enfin, l'histoire d'un homme qui, avec le recul et le privilège du grand âge, compare lucidement les époques, constate et exprime, avec des mots simples, non sans appréhension, les signes précurseurs des temps sombres, résultant des mauvais choix et de la corruption qui érodent progressivement le tissu social et économique du pays.

Quant à nous, nous émettons le vœu très sincère de voir le contenu de cet ouvrage susciter des réflexions profondes, mais franchement positives, pour la construction au mieux du futur de ce grand et beau pays.

Fété Ngira-Batware Kimpiobi

Table of Contents

Dédicace 3
Avant-propos 5
Préface 9
Un rendez-vous avec l'histoire du Congo Kinshasa 1997 12
Mon enfance et mes études 13
    Mes parents 13
    Mes études 14
    Début de ma vie professionnelle 18
Ma vie professionnelle dans le secteur privé et mon mariage 19
    À La Compagnie du Kasaï (C.K.) 19
    Aux Huileries et Plantations du Kwango (H.P.K.) 20
    À Mfumu-Mputu. 20
    Mon mariage avec Félicité 23
    Le décès de Félicité 28
    Mon mariage avec Thérèse 32
    Départ de Mfumu-Mputu 40
    Les établissements Almeida et Frères 41
    Mes premiers pas à l'Administration 45
Sur le plan social 46
    Le statut social des évolués 46
    Le cercle des Évolués du Kwilu. 47
    Le cercle de mes amis. 49
Ma vie professionnelle dans le secteur étatique 50
    Mes premiers pas dans le secteur étatique 50
    L'avant-veille de l'indépendance. 50
    L'Exposition universelle de Bruxelles et ses retombées au Congo. 52
Mon entrée en politique 53
    La révolte du quatre janvier 1959, à Léopoldville 56
    Réaction de la Belgique. 58
    La Table-Ronde de Bruxelles 69

Les préparatifs de l'Indépendance 78
Mise en place des institutions républicaines 78
Les premières élections législatives 79
Mon premier séjour parlementaire à Kinshasa 81
Le tout premier Parlement congolais 83
Le tout premier Gouvernement congolais 83
L'élection du Président de la République 86
Le 30 juin, jour de l'indépendance 86
Du fonctionnement des institutions républicaines Le Parlement 87
Les groupes parlementaires 87
Le Gouvernement 90
Le 5 septembre 1960 : révocation de Lumumba 91
Le 14 septembre 1960, premier coup d'État du Colonel Mobutu 91
Le 27 novembre 1960 92
La Mort de Lumumba 92
Le sort des Lumumbistes après la mort de Lumumba 93
Le conclave de Lovanium 94
Mon élection en qualité de Président de la Chambre des Représentants 94
Les invitations des Parlements des pays amis 95
Au parlement belge 96
Au parlement allemand 96
De passage en Suisse 97
Au parlement israélien 97
Au parlement indien 100
Au parlement de Taïwan 106
Retour à Paris 108
Visite avortée au parlement portugais 109
Mes rapports avec les personnalités politiques de la République. 109
Le Président Kasa-Vubu 109
Le Premier ministre Cyrille Adoula 111
Gizenga 114
Takizala 114
Relations avec les Députés du Bandundu 115
Du découpage des provinces en provincettes 116
Le parlement et les fréquents remaniements des gouvernements 117

Mes souvenirs des années du Parlement *118*
De la fermeture du parlement par le Président Kasa-Vubu *118*
La rébellion de Mulele *119*
Ma désignation comme Haut-Commissaire de la République pour la Province du Kwilu *122*
Une conférence *126*
La création du parti politique UDECO *128*
Les élections législatives de 1965 et l'élection des Gouverneurs provinciaux *128*
L'annulation des résultats du Kwilu et de la Cuvette Centrale *129*
Élection des membres des bureaux des Parlements provinciaux *131*
De la révocation de Tshombé *133*
Kimba, une fois de plus désigné comme formateur du Gouvernement *137*
Coup d'État de Mobutu *138*

Mes activités politiques essentielles sous la deuxième République 145
L'élection du Gouverneur du Kwilu *145*
Ma participation au 1er Périple présidentiel dans le Congo profond *150*
Ma participation à l'Assemblée Générale de l'Association Internationale des Parlementaires de Langue française 151
Ma première participation. *151*
De la réouverture du Parlement congolais en 1975 ...... *151*
Deuxième et troisième participation aux Conférences de l'AIPLF (Association internationale des parlementaires de langue française) *152*
De mes autres rencontres avec le Président Mobutu *152*
Les Consultations populaires initiées par le Président Mobutu en 1990 .... *153*
4 avril 1990 : les partis politiques sont autorisés à fonctionner de nouveau *156*
Au sujet de monsieur Iléo *158*
Au sujet de Tshisekedi *159*

Ma vie privée 161

Postface 164

Printed in Great Britain
by Amazon